新潮文庫

笑う月

安部公房著

新潮社版

3230

目次

挿画　安部真知

笑う月

睡眠誘導術

眠られぬ夜のために、とっておきの睡眠誘導術を伝授するとしよう。

まず、アメリカの西部劇に出てくる、なるべくありふれた場面を思い浮べていただきたい。駅馬車の襲撃に都合がよさそうな、けわしい峡谷つきの大平原が望ましい。もっともなぜ西部劇でなければならないのか、理由はよく分らない。あるいは髷物《まげもの》の時代劇でも同じことかもしれないが、経験上、やはり西部劇がいいようだ。筋も場面も、まことに類型的で、想像するのにほとんど努力を要しないせいかもしれない。

さて、その大平原を横切っている一本の白い道。やがて道は高い断崖《だんがい》にはばまれ、深い割目に吸い込まれる。危険だが廻り道はできないという、おあつらえの場所である。君は今インディアンだ。その断崖の上の、何処《どこ》か適当な岩陰を見付けて、じっと身をひそめよう。天頂には、浜辺に打上げられたクラゲのように、ふるえつづけている白い太陽。はためく風は、透明な大天幕だ。発育の悪い、赤ちゃけた繁《しげ》み。砂色に焦《こ》げた、薄い草むら。お望みならば、ウェスタンの伴奏を流してもいい。

やがて一羽のコンドルが、なにかの危険を告げるように、天空高くまい上る。つづいて遠く道ぞいに、一本の帯状になってたなびく砂ぼこり。例の制服に身をかためた騎兵の一隊である。あせってはいけない。連中が全員、谷間に入り込んでしまうまで待て。狭い谷間の中では、一列縦隊をとるしかなく、急な後退も散開も不可能だ。そこを見はからって、一人々々ねらい撃ちにすればいい。君は名だたる弓の名手、ねらった的を外す気づかいはないのである。

さあ、矢をはなて。空気を引裂く弦《つる》の音。矢は見えないが、命中の手ごたえはあった。胸をおさえ、ネッカチーフをひきむしりながら、映画の場面そっくりに落馬していく白人の兵士。そら次の矢だ。こんどの奴《やつ》は帽子を飛ばした。つんのめって、馬の首を抱きかかえる。ゆっくり見きわめてから、三本目をつがえよう。敵の数に不足はないし、矢の手持もたっぷりだ。

むろん条件によって違うが、調子さえよければ、四、五人目から効果が現れることがある。二十人を超えることはめったにない。急速で、しかも実になめらかな眠りへの移行。弓をつがえた腕から突然力が抜け、あたりの光景が見るみる凍って、色あせる。そのまま君は深い眠りに落ちていく。苦しまぎれに、千から数字を逆に数えてみたり、無理に通い馴《な》れた道順をなぞってみたりする時のような、あの不眠との闘いからくる、苛立《いらだ》たしい疲労感などまったく認められない。一見殺伐にみえる、岩陰からの狙撃《そげき》ごっこが、これほどの鎮静作用を持っているとは意外に思われるかもしれないが、事実なのだから仕方ないだろう。殺人と、殺人ごっことは、互に相反する別々の事柄なのかもしれないのだ。とすると、たとえば最近のモデル・ガン取締の方針など、当局の意図に反して、むしろ大衆の狂暴化を促進することになりはしまいか。

それはともかく、不都合なことに、このせっかくの安眠術が今のぼくにはまったく役立ってくれないのである。ある時、つがえた矢の先端が、くるりとU字型に曲ってこちらを向いてしまったのだ。致命的だった。じつを言うと、ぼくには先端恐怖症の傾向がある。そばで編物をされると、編棒の先が眼にささりそうで我慢できなくなるし、電車で隣に掛けた客の本の角が耐えられず、つい席を立ってしまうことさえあるほどだ。一度、矢の先が気になりだすと、もういけない。いくら新しい矢につがえなおしてみても、つがえなおした端から、くるりと曲ってしまうのだ。鎮静どころか、ますます苛立ち、眠りは遠ざかる。

そこで弓をライフルに替えてみた。鋼鉄のチューブは、さすがに矢よりは丈夫だった。替えてしばらくは、なんとか持ちこたえてくれた。しかし、情況は同じことで、銃身になんとなく歪力《わいりょく》がかかり、もう以前のようには安定してくれない。催眠効果と、銃身を曲げまいとする努力がせめぎ合い、倒す相手の数も次第に増えていく。そしてある日、その銃身も、ぐにゃりと曲ってこちらを向いてしまったのである。

とりあえずは先端恐怖症を治すのが先決だ。だが、神経科の医者の助言によれば、なによりもまずよく眠ることだと言う。それはそうだろう。よく眠るためには、よく眠ればいいに決まっている。何か先端のない、球型の武器でもないものだろうか。

だが、本当にやっかいなのは、不眠よりもむしろ夢からなかなか覚められない時かもしれない。寝覚めの悪さは、寝付きの悪さ以上に、骨身にこたえるものだ。たとえば、恐《こわ》いものに追い掛けられる夢をみた時、あわやと思うと、たいてい自然に覚めてくれるものだが、それがなかなか覚めてくれなかったりする。一度など、こんな経験さえあった。

その時ぼくは旅先で、ホテルのロビーで誰かを待っていた。電話の呼び出しがあり、客が都合で一時間遅れると告げてきた。ぼくは部屋に戻って、服のまま横になり、例の睡眠誘導術でうたた寝をすることにした。そして夢をみた。

夢の中で、ぼくは気味の悪い化物に追いかけられていた。年に一、二度は現れてぼくを悩ます、常連の化物だ。頭にいちめん、小指の先ほどのカサブタが群生している。カサブタは、干魚の鱗《うろこ》のようなもので覆《おお》われ、先端に薄い毛が残っている。どんな危害を加えられるのか、はっきり分っているわけではなかったが、とにかく逃げずにはいられない。化物は薄笑いを浮べて追いかけてくる。ぼくは必死に逃げまどう。どこか混《こ》みいった裏町だった。道は狭く、すぐ袋小路に突き当ってしまう。塀《へい》を乗り越え、垣根をくぐり、他人の家を通り抜け、犬に吠《ほ》えつかれながら逃げまどう。そのうち、例によって、夢かもしれないことに思い当る。走りながら、手の甲を抓《つね》ってみる。やはり夢だ、まるっきり痛みを感じない。しかしまだ安心できないので、もう一度抓りなおしてみる。つまんだ手の甲の皮を、思いきり引き伸してみる。皮はゴムのように、二十センチ以上も伸び、痛くも痒《かゆ》くもない。夢だと確信はいったが、化物に対する恐怖がそれで薄らいでくれたわけではなかった。ただ、普通は、なんとなく緊張がほぐれて、自動的に覚めてくれるものなのだ。しかしその日は違った。夢だと分っているのに、いっこう覚めてくれそうな気配がない。ぼくはまごつき、きばってみたり、力んでみたり、濡《ぬ》れてちぢんだ海水パンツを脱ぐような努力を重ね、それでも効果がないので、思い切って化物につかまってしまおうかとも考える。だが、それでも覚めなかったらと思うと、ぞっとして、やはり決心をつけかねた。そこでいよいよ、最後の手段に訴えることにしたわけだ。

誰でも覚えのあることだろうが、墜落の夢はかならず覚醒《かくせい》につながっている。夢なのだから、死ぬ気遣いはない。どこか高い所から、飛び降りればいい。勇気はいるが、ほんの一瞬のことだし、あの化物につかまるよりはましだろう。橋があった。下は水の涸《か》れた砂利の河原。細い流れに足をひたして子供たちが遊んでいる。振向くと、化物はもう橋のたもとにせまっていた。もう一度手の甲を抓ってみてから、固く眼を閉じ、全身にはずみをつけて身をおどらせる。

どうしたことか、それでもまだ、覚めてくれないのだ。河原に落ちたぼくは、ゴムマリのように、減衰運動を繰返しながら何度もはね上った。子供たちが遊びをやめ、呆然《ぼうぜん》とぼくを眺めている。橋の上では化物が、大声で笑っている。力を脱《ぬ》くと、はずみ止《や》んで、ぼくは河原にへたり込んだ。いまやぼくをさいなんでいるのは、恐怖心を上まわる羞恥心《しゅうちしん》だった。こんな馬鹿気《ばかげ》たことを信じる者がいるだろうか。見られないふりさえしていれば、みんなも見なかったつもりになってくれるはずである。

河原から這《は》い上ると、交通のはげしい大通りで、すぐ前が運よく泊っているホテルだった。時計を見ると、ちょうど一時間経《た》っている。そそくさとロビーにまぎれ込み、なにくわぬ顔で備えつけの新聞を読むふりをしていると、四、五分して約束の客が訪ねてきてくれた。気分が悪かった。けっきょくそのまま、夜寝床につくまで覚めずにしまったのだが、しかしあれが夢のつづきだなどとは信じられない。客と話しながら抓った手の甲は、たしかに痛かった。どこかに自覚できない、夢と現実との切れ目があったにちがいない。

笑う月

ぼくが経験した限りでは、どんなたのしい夢でも、たのしい現実には遠く及ばない反面、悪夢のほうは、むしろ現実の不安や恐怖を上まわる場合が多いような気がする。

たとえば、何度も繰返して見た、いちばんなじみ深い夢は、ぼくの場合、笑う月に追いかけられる夢だ。最初はたしか、小学生の頃だったと思う。恐怖のあまり、しばらくは、夜になって睡《ねむ》らなければならないのが苦痛だったほどだ。正確な記憶はないが、半年か一年の間をおいて、周期的に笑う月の訪問をうけた。最後はたしか十年ほど前だったように思う。かれこれ三十年にわたって、笑う月におびやかされつづけた計算になる。

そいつは、直径一メートル半ほどの、オレンジ色の満月で、地上三メートルばかりのところを、ただふわふわと追いかけてくる。「花王石鹸《せっけん》」の商標を正面から見たような顔が、くっきりと彫り込まれ、耳の後ろに届きそうなほど大きく裂けた薄い唇が、独特な非情さと脅迫めいた印象を与えている。そう言えば、何か音もたてていたっけ。今ふうに言えば、SF映画で使われる電子音に似た無機的なうなりだ。ぼくは見馴《みな》れぬ路地を逃げまどい、最後はなんとかわが家の玄関にたどり着いて、後ろ手にドアを閉めたとたん、ぐにゃりと隙間《すきま》にはさまれた月の一部の嫌な感触が残る。そして目をさます。

あの月の、何にそれほどおびやかされたのだろう。笑顔だろうか、うなり声だろうか、ドアの隙間でつぶれる感触だろうか。笑顔はたしかに不気味だった。考えてみると、「花王石鹸」の商標よりも、むしろトランプのジョーカーに似ていたかもしれない。それにしても、あの恐怖感に見合うほどの顔だったろうか。いや、むしろ追跡そのものが恐《こわ》かったと考えるべきだろう。追跡の恐怖がまず先にあって、それが笑う月という形をとって現れたような気もする。単に怪物におびやかされるだけの夢なら、いつか見た、頭に何十本ものカサブタの角を生やした化物のほうが、はるかに生々しく迫力にみちていた。

　おそらく睡りの中で、まず恐怖の生理がつくられ、その生理が夢のスクリーンにあの月を投影したに違いない。だが恐怖の極限のイメージが、なぜ笑う月なのか、理由はぼく自身にも分らない。たぶん理由なんか無いのだろう。カサブタの化物なら、現実に出会ってもいいかげん不気味だろうが、笑う月では正体見たり枯尾花もいいとこだ。夢の中だけでしか通用しない、夢だけの論理なのだろう。それ以上の夢判断は趣味じゃない。

　夜空を見上げているとき、視野の周辺にちらと星影がうつり、視線をあらためて向けなおすと、かえって見えなくなってしまう事がある。眼をそらしてやると、再び視界に戻ってくる。網膜の中心部と、周辺部の、機能の分業からくる現象だ。夢と現実の関係にも、どこか似たところがあるように思う。現実は、意識の中心部でより鮮明にとらえられるが、夢は、むしろ周辺部でしかとらえられず、中心に据えることで、かえって正体を見失ってしまいかねない。擬人化が、しばしば動物の行動の真の意味を見誤らせるように、覚醒時《かくせいじ》の言葉（因果関係）に飜訳《ほんやく》することで、夢の夢らしさも風化してしまうのだ。夢はやはり夢として、下手な解釈は加えず、ありのままに受取るべきなのだろう。

正確にはおぼえていないが、以前、「睡眠」についての面白い記事を読んだことがある。大脳の神経細胞を、発光器にたとえたとして、睡っている状態を暗黒だと想像するのはとんだ思い違いだというのである。大脳全体の光量はほぼ一定していて、死んでいないかぎり、ある部分が暗黒だということは、別の部分が逆比例して輝いていることになるらしいのだ。暗黒がひろがるにつれて、輝きは集中しながら、ますます明るくなる。大脳がもっとも覚醒しているときにこそ、輝く一点を残して、暗黒はますます深まっている。睡りは、その集中点が拡散し、全体が淡い薄明に包まれた状態だというのである。

一般に、睡りと覚醒は対応する両極だが、覚醒も度をすぎると過集中の状態におちいり、全部の光量を保持できなくなるものらしい。あふれた光は、周辺に滲透《しんとう》していき、一種睡眠にちかい状態に接近する。もっとも深い精神の集中が、しばしば睡眠に接したところで行われるゆえんだろう。

意識の網にかかってくれないからと言って、夢を簡単に雑魚《ざこ》あつかいしてはいけない。思考の飛躍は、しばしば意識の周辺で行われるものだ。自分の経験からいっても、仕事にはずみが出て精神が活性化している時ほど、よく夢を見る。回数が増えるだけでなく、内容が複雑になり、細部が具体的になる。同時に、夢が豊富になっている時は、それだけ発想も飛翔力《ひしょうりょく》を得ているようだ。いくらエンジンを全開にしていても、地図に出ているコースを走っている間は、まだ駄目なのである。いつかコースを外れ、盲目にちかい周辺飛行を経過してからでないと、納得のいく目的地（作品）には辿《たど》り着けないのだ。

夢は意識されない補助エンジンなのかもしれない。すくなくも意識下で書きつづっている創作ノートなのだろう。ただし夢というやつは、白昼の光にさらされたとたん、見るみる色あせ、変質しはじめる。もし有効に利用するつもりなら、新鮮なうちに料理しておくべきだ。そこでここ数年来、ぼくは枕元《まくらもと》にテープ・レコーダーを常備して待つことにした。見た夢をその場で生け捕りにするためである。

つまり肝心なのは、笑う月の身元や正体などではなく、笑う月そのものなのである。

たとえば、タブの研究

タブというものが存在しているらしい。あいにく、タブについての情報は、まだひどく不十分なものだ。大きさも、形も、ほとんど知られていないのが実情である。ただ、はっきりしているのは、それがある特定の人物——仮にA氏としておこう——にとって、きわめて重要な存在であり、しかも、A氏以外の者にとっては、まったくなんの利用価値もないということだ。最初ぼくは、誰か親しい者から残された、形見の品のようなものを想像した。辻褄《つじつま》は合ってくれるし、納得もいく。A氏が、問題のタブについて、その重要さの意味を、他人にうまく説明できずにいるというのも、むしろ当然のことだろう。

だが、情報はさらに続けて、A氏にタブを提供しつづけているという、Bなる人物を登場させ、ぼくをすっかり混乱させてしまうのである。タブはそのB氏によって製造され、定期的にA氏に供給されつづけているらしいのだ。ということは、タブが形見のような保存に耐えうるものではなく、なんらかの形でA氏によって消費され、一定の期間をおいてB氏から新製品の補給を受けなければならないことを意味している。つまり、食料や日用品のような、一種の消耗品らしいのだ。それにしても、よく分らない。たった一人の人間のためだけにしか役に立たない日用品。あいにく、いくら考えてみても、思い浮べることが出来ないのである。

腑《ふ》に落ちないと言えば、タブの供給者であるB氏——男女の区別は、聞きそびれた——の存在も、いっこうに釈然としない。タブが、A氏にしか無価値だとすれば、当然B氏にも無用の長物であるはずだ。まして、A氏がタブの使用法を他人に説明できないとすれば、B氏にとっても、われわれと同様、まったく不可解な代物《しろもの》であるはずだ。そんな、用途も効用も分らないタブを、B氏はいったいどうやって製造したりできるのか。

考えられるケースは、一つしかない。B氏がA氏からタブ製法の設計図、もしくは処方箋《しょほうせん》を渡され、自分でもわけの分らぬままに、ただその指示に従って仕事をしているという場合だろう。つまり、まったく職人的な、ただ報酬だけが目当ての請負仕事である。だが、情報は、B氏がタブの製法をA氏に公開伝授できないところに、問題の本質があり、それがB氏の悲劇であり不幸の種なのだと指摘しているのだ。もしA氏がタブを自給自足できるようになれば、B氏もタブから解放されるのだが、それが不可能なばかりに、自分にとってはなんの価値もないタブなどに拘束されつづけているというわけである。べつに報酬目当でもなければ、製造法の出し惜しみをしているのでもないらしいのだ。つまりB氏は、使用目的も分らぬまま、タブの生産に追われつづけ、A氏はA氏で、正体も分らぬままにただ消費をつづけていたということになる。

これはぼくの想像にすぎないが、もしかすると、B氏のタブ製造の作業内容には、なにかまったく意識下の、かなり偶然の工程が含まれているのではなかろうか。多少とも使用方法についての合理的な見通しに立っていれば、その工程を秩序立てて、誰にでも伝達可能な教本をつくることだって出来たはずだろう。しかし、タブのどの部分が、どの性質が、A氏にとって欠くべからざる要素なのか納得できないかぎり、鳥が卵を抱いて雛《ひな》をかえすように、ただその結果を示し、提供するしかないわけである。

さて、ここまでが、夢の中でのタブ研究の成果である。覚めた時ぼくは興奮していた。重大な経済法則を発見したような気がしたのだ。有名な数学者が夢の中で大発見したというような話も、あながち嘘《うそ》ではないと、ひとりでうなずいたりした。いつものようにテープに吹込んで、半月たった。以下は、そのテープをもとに、覚めた意識で行った推理である。

テープを聞き返して、まず気になったのは、そんな例外的なタブなるものを、B氏の悲劇だとか不幸だとか、ことさら同情的に強調している点だ。たぶんB氏が、心ならずもタブを生産しつづけていることを言いたかったのだろう。それは同時に、二つのことを暗示しているように思われる。一つは、B氏が一方的に製造を中止できないほど、タブがA氏にとって不可欠な物だということ。たぶん、生死にかかわるほど、かけがえの無いものなので、B氏の供給停止が、ただちにA氏の生命をおびやかす結果になるのかもしれない。いま一つは、B氏が、その価値に見合うだけの支払いを受けていないという場合。もし、タブ製造の労力にふさわしいだけの報酬を受けていたとしたら、拘束だとか、不幸だとか、そんな否定的な表現を使う必要はなかったはずである。現代のような分業社会では、多かれ少なかれ、誰もが結果の見えない労働によって賃金を得ているのだから。

おそらくB氏は、もっぱら道義的な見地から、タブ供給者の運命に甘んじているのだろう。だが、このことは、かならずしもA氏の優位を意味しているわけではないのだ。B氏にとって、タブが重荷であるということは、とりもなおさず、A氏にじゅうぶんな支払能力がないことを物語っている。A氏は、B氏のお情けにすがって、やっとタブにありついているに違いない。タブがB氏にとって負担であるなら、A氏にとっても、おなじく不安の種であるはずだ。人道的見地など、なんの役に立つものか。B氏がインフルエンザで寝込みでもしたら、それっきりである。いくら餓死寸前だろうと、レストランで無銭飲食をはたらけば、罪に問われるのはやはり彼の方なのだ。

A氏はたぶん、卑屈な態度で、B氏にタブの供給を哀願しつづけているのだろう。B氏は、それに対して、しぶしぶ仏頂面《ぶっちょうづら》の応対をしているのだろう。だからと言って、二人が主従の関係にあるとはかぎらない。B氏にとって、得るものは何も無いのだ。強いて言うなら、二人の関係は、互に鎖でつながれた、奴隷《どれい》どうしのようなものだろう。

この二人が、相手から自由になろうと思えば、タブの鎖を絶ち切ってしまうしかない。たとえば、A氏以外にもタブの利用者を探し出して、タブをもっと一般的な非タブ的存在の中に拡散させてしまうのだ。せめて十万人のタブ利用者が現れてくれれば、B氏はそれで商売が成立つ。A氏もずっと気が楽になるはずだ。

だが、A氏自身にも説明不可能なタブの効用を、どうして世間に宣伝したり出来るだろう。タブが例外的な存在であるように、A氏とB氏の関係も、とにかく例外的でありすぎるのだ。同情はするが、これ以上かかわり合ってみても仕方がない。われわれ非タブ的存在のなかで暮している者にとっては、結局どうでもいいことなのだ。せっかくの夢の発見も、どうやら糠喜《ぬかよろこ》びにすぎなかったようである。

いや、その気になれば、さらに合理的で現実的な説明だって出来なくはない。たとえばタブが、A氏とB氏との間だけで仮に取り決められた符牒《ふちょう》にすぎなかったとしたらどうだろう。そっくり同じものが、別の人間のあいだでは、また違った名称で呼ばれているために、タブ、ならびにタブに準ずる一切のものが、世間から不当に黙殺され、相応の扱いを受けずにしまっているのだという見方だって成立つはずだ。興醒《きょうざ》めもいいとこである。どんな場合にも、一般化できない例外を認めたがらないのが、ぼくの悪い癖らしい。世間の何処《どこ》かに、どうしても共通の話題にしえない運命があったからといって、べつに気に病むことはないだろう。

白昼の意識は、しばしば夢の論理以上に、独断と偏見にみちている。

発想の種子

机の上に、書きくずしの原稿や古いメモ用紙が、山積みになっている。その中から一冊のノートを見付け出した。

最初の数ページを、そのまま引き写してみよう。まず冒頭に、罫《けい》でかこんだ「燃えつきた地図」という見出し。以下、次のような覚え書がつづいている。

○燃やしてしまった写真——一見して逃亡の準備を疑わせるところが、かえって怪しい。トリックの可能性。動機は妻の側にもありうるのだ。

○クモが餌《えさ》をたぐりよせる動作。その手順は、不可解なほどまわりくどい。不合理と受取るべきか、それとも、別の合理性と考えるべきか。

○責任――共同体のモラルに解消してしまえば、いかなる個人の罪も許される。
（戦争と殺人の関係）

○主人公の最後の叫び――「世界が嘘《うそ》をついているのだ。世界がおれをだまそうとしているのだ。」（対応する即物的イメージをさがすこと）

○女は部屋のように生きている。彼女は壁紙のひだで天気（湿度）を感じるのだ。

○失明宣告を受けた人間が、最後に見る眼で、街を描写すること――

○脱出の必然性。(「ヘテロの構造」を参照のこと)

○「落伍者《らくご しゃ》というのは、他人の孤独を、アンテナみたいに敏感に感じてしまうやつなんです。残酷なふりをするんです。それがせめてもの罪ほろぼしなんですよ……」

○右翼——極度な孤独。他者の飢餓状態。

○私立探偵は、依頼者である女の応対のなかに、ある種の侮蔑《ぶべつ》をみとめる。それが探偵の心理を展開する端緒になる。

○「私は二か月、毎日のように、S町の角に立っていました。」「なぜ?」「べつに理由はありません。ただ、なんとなく……」「よく考えてみて下さい。」「人通りが多くて、誰もが通りたがる道……」「あなたはご主人をよく理解していたと言いきれる自信がありますか?」「普通の人だったと思います。」「失踪《しっそう》したのが、あなただったとしたら、やはりその通りを歩くだろうか?」「私は女ですから……」

○都市――墓場のカーニバル。厚化粧した廃墟《はいきょ》。

○夢のなかの小学校の教室。だが生徒たちはそれぞれ、四十歳に成長してしまっている。……少年の人生観は、謎《なぞ》の数珠玉《じゅずだま》。世間は記号（シンボル）に満ちあふれており、その記号をたぐっていけば、いずれは真相にたどりつくはずなのだ。

○二人の浮浪者の話。自殺したがっているアル中の浮浪者の訴えを聞いて、仲間の浮浪者がすっかり同情してしまう。どこかで手に入れた、残り物のウイスキーで酒盛をする。二人で適当な死に場所を探して歩く。やっと某所でいい枝ぶりの松を見つける。自殺志願の浮浪者が首をくくるのを、仲間が親切に手伝ってやる。自殺者が発見されたとき、その仲間は近くの石に腰をおろして泣いていた。警官の尋問に対して、男はただ「待っていた」とだけ答えた。「何を待っていたのか」と聞かれても、それには答えることが出来なかった。

ノートはさらに続いているが、いったんここで中断する。このノートを取上げる気になったのは、この最後の浮浪者についてのメモがあったせいなのだ。ぼくは長いあいだ、このメモを探しつづけていた。まさか、こんなに古いノートの中にあるとは、思ってもみなかった。実は、この二人の浮浪者の話は、ある新聞記事から拾ったもので、『箱男』のテーマを発想する最初のきっかけだったのだ。

メモの内容からみて、すくなくも『燃えつきた地図』脱稿より一年は前のようである。ざっと七、八年は経《た》っているいると考えてもいいだろう。忘れていたのが当然だ。二人の浮浪者の話が、再びぼくの意識に、たっぷり充電された状態で浮び上ってきたのは、『燃えつきた地図』を完成し、一と息もふた息もついてからのことだったはずである。それ以来、ぼくはこのメモを探し続けてきた。とくに、『箱男』という着想に辿《たど》り着くまでは、苛立《いらだ》つ思いでメモやテープを探しまわった。もっとも、ごく単純な内容だから、発見できなかったからと言って、どうということもない。エピソードの方から、ちゃんと姿を現してくれたのだし、その記憶からスタートして、すでに『箱男』を完成させてしまったのだから、いまさら文句はないわけだ。

おまけにこの二人の浮浪者は、『箱男』の最終稿からは姿を消してしまった。だから、発端だと言っても、ほんのヒントに過ぎなかったように見えるかもしれない。しかし、脱稿する、ほんの直前まで——たぶん二、三か月前まで——ちゃんと独立した章として存在していたのだ。最後に切捨てた二百枚くらいの原稿の中に、数十枚のエピソードとして組込まれていたのである。やむなく切捨ててしまったが、いまでもなんとなく愛着があり、いずれ独立した短編として書くことになりそうな気もする。

それはともかく、ぼくが驚かされたのは、やがて一つの作品にまで成長していくかもしれない、発想の種子の、登場してきかたのさりげなさについてなのだ。あのメモをしたとき、当然ぼくは『燃えつきた地図』のためのメモ以上には考えていなかったはずである。もし、それ以上に重要視していたとしたら、テープに吹込むか、別のノートに書きとめておいたはずだ。（ただしぼくは整理癖がないから、大半紛失してしまう。とくに重要なメモは、ノートの切れ端に書いて、壁に画鋲《がびょう》で止めておくようにしているが、それもいつの間にやら消えてしまうことが多い。多分それでも構わないのだ。けっきょく創作ノートは覚めてみる夢なのだろう。必要なのは、メモをしようという心構えらしい。）

そんな扱いを受けながら、それでも種子は生きのびていてくれた。さりげなく、ぼくの意識下にもぐり込み、知らぬ間に成長して、芽をふき、いきなりぼくをとらえてしまったのである。創造の秘密などという、もったいぶった言い方は嫌いだが、書くという作業が作者の意識的操作を超えたものであることも否定はできない。知らぬ間に種子を拾って、自分の内部に植え込み、無意識のうちに肥料をあたえ、水をやり、予期しなかった発芽にあわてて農夫の仕事へとわれとわが身を駆り立てる。

だから不安なのだ。明確に、発芽の状況を見きわめるまでは、はたして自分が今も作家であるのかどうか、どうしても確信をもつことが出来ない。ただ、知らぬ間にとり込んだかも知れない種子に期待して、その時がくるまで待ちつづけるしかないのである。

藤野君のこと

藤野君のことについて書いてみよう。『ウエー（新どれい狩り）』に登場してくる、飼育係の名前である。珍しいことに、この藤野君にはモデルらしいものが存在するのだ。

もともとぼくの作品の登場人物に、名前がつけられていること自体、きわめて例外的である。たいていの場合、代名詞だけで済ませてしまっている。たまに名前を名乗って登場してくる人物があっても、深い意味はなく、やむをえずつけた符牒《ふちょう》ていどのものに過ぎない。出来れば名無しのままで済ませたいと思う。それで不都合を感じた事はめったにない。たとえば、『砂の女』の仁木順平にしても、失踪《しっそう》後、手続上の必要からはじめて明らかにされた氏名であって、主人公として活躍中は、単なる男にしかすぎなかったのだ。登場人物の無名性は、ぼくの作品にとって、どうやら不可欠の条件らしいのである。

藤野君の場合も、名前がついていること自体は、別にどうという事もない。八人の登場人物中、名前を与えられているのは、彼ひとりで、だから他の役を抜きん出た主役というわけでもないのである。もともとこの『ウエー』という戯曲そのものが、無名性によって構成された世界なのだ。名前が無いほうがむしろ自然なのである。藤野君にしたって、台詞《せりふ》の中で姓を呼ばれる事があるというだけで、配役上の役名は、藤野ではなく飼育係という職業区分にすぎないのだ。

しかし、その藤野君にモデルがあったというのは、じつに意外な発見だった。自分で意外というのも妙な話だが、それまでまったく意識していなかったモデルの存在に、稽古《けいこ》の途中でとつぜん気付かされたのである。ある時（たしか一週間ほど前）、台本のなかの「藤野」という字から、いきなり耳馴《みみな》れない笑い声がひびいてきたものだ。カ、カ、カ、カ、と、片仮名をそのまま読んでいるような、乾いた高笑いで、現に「飼育係」を演じている俳優の声とはまったく異質なものだった。何《ど》処《こ》か、遠くの記憶とつながっている。しばらく思いをこらしていると、その笑い声がしているあたりに、正方形に近い角ばった顔の輪郭と、額に垂れ下ったフランケンシュタイン式の髪型が浮び上り、とたんに一人の人物が像を結んだのだ。もう三十年も昔のことになる。実在する藤野君だった。ぼくより十年は年長だったはずだから、君というよりは、氏と呼ぶべきかもしれない。もっとも魯迅《ろじん》が描いた『藤野先生』のような人格者だったわけではなし、風のたよりに、死んだという話を聞いたような気もする。まあ、戯曲のなかでの用法を尊重して、君づけのままにしておこう。

それに、モデルと言っても、どこまで使いこなせたかになると、はなはだ心もとない。人物はまったく無関係で、名前だけを借用したような気もする。だが、なぜ「飼育係」の名前を選ぼうとして、藤野という姓が浮んだのか。なぜ、実在するあの藤野君の記憶と結びつくことを承知で、わざわざその姓を選んだのか。どこか自分でも意識していない深いところで、やはりモデルにしていたのかもしれないとも思う。とにかく藤野君のことを書いてみようか。どんな実在のモデルでも、作品の中に移植したとたん、独自の成長をはじめ、原型とは似ても似つかぬものに変ってしまうものなのだ。しかし、一滴の雨のしずくが、大海の主成分であることに変りはない。

そう言えば、この戯曲の真の主役――もしくは主題――である、『ウエー』そのものが、ある意味ではモデルによって成立ったものなのだ。完全な誤解にもとづくものではあったが、立派にモデルが存在しているのである。もっともそのモデルと『ウエー』の関係は、藤野君と「飼育係」の関係以上にかけはなれたものだが、同時に明快な結び着きもあって、藤野君の場合のように、心騒がせるものは何もない。同じモデルでも、質に違いがあるようだ。それともこれはモデルの拡大解釈だろうか。『ウエー』の原型は、モデルというより、もっと一般的に発想の芽とでも言うべきなのかもしれない。

こちらの方は、二十年ほど前のことになる。たしか、放送局の招待か何かで、北海道旅行をした時のことだ。当時のぼくは、まだほとんど無名で、なぜそんな機会にめぐまれたものやら、今ではさっぱり思い出せない。たぶん、北海道が原籍だということに、何かの偶然が重なった結果だろう。とにかくぼくは、数人の老人（地元の同人雑誌か、放送関係者？）といっしょに、汽車に乗っていた。

車窓の外には、原野がひろがっていた。その原野にたなびく幾本もの白い煙の帯を指さしながら、老人の一人が、やがてとほうもなく奇怪な話をはじめたのである。

いま北海道では、あのとおり、いたるところでアムダ狩りが行われている。アムダというのは、戦時中、軍が音頭《おんど》をとってその飼育を農家に半ば強制してまわった、ヽヽヽヽ人間そっくりの動物で、皮はなめして靴や鞄《かばん》に、肉は軍隊用の罐詰《かんづめ》に、骨は歯ブラシの柄から、ボタン、カルシウム剤の原料、等々と、かなり大々的な期待がかけられていたらしい。さすがに、期待されただけのことはあって、そのアムダは信じがたいほどの繁殖力をもっていた。またたくうちに、アムダの大群が、飼育場という飼育場にあふれ、軍が受け入れ態勢をととのえるよりも早く、肝心の飼料の方がすっかり底をついてしまったのだ。そして、そんな状態のまま、終戦を迎えてしまうことになる。

恐ろしい食糧難の時代だった。アムダの肉が歓迎されたのは言うまでもない。殺すはしから、飛ぶように売れ、たちまち大半が食いつくされてしまったという。だが、ごく一部の農家では、どうしても食う気になれず、飼育場の扉を開けて、そのまま逃げるにまかせたらしいのだ。考えてみれば、無理もない。人間そっくりでは、殺すにしのびなかった者もいたはずだ。かと言って、飼いつづけるには餌《えさ》の負担が大きすぎる。自由にしてやるのが人情というものだろう。逃げたアムダは、山にのがれて、細々と暮していたらしい。そのうち、野性化が進むにつれて、再び旺盛《おうせい》な繁殖力を取戻し、やがて山の収穫だけでは不足しはじめたらしく、里に降りて田畠《たはた》を荒すようになってきた。被害は加速度的に増大し、人間に似ているという理由だ

け で、黙認してはいられないまでに至ったのだ。類似は逆に、怒りを掻《か》きたてる原因にさえなった。こうしてアムダは再び農家の大きな関心の的としてよみがえったのである。ただし今度は、憎むべき殺戮《さつりく》の対象として。

刺戟《しげき》的な話だった。ぼくはすっかり興奮してしまっていた。現実の寓話化《ぐうわか》はそう珍しくないが、寓話の現実化は、はじめての経験である。まっ暗なトンネルの底から、いきなり照りつける八月の浜辺にほうり出されたように、目がくらみ、息がはずんだ。反常識の勝利だろうか。ついに、目を開けたまま夢を見られる時代が、やって来たのだろうか。

老人にたずねてみた。この旅行中に、うまくアムダを見る機会があるでしょうか。おやすいご用です、一匹十円で買い上げていますから、役所の裏でも覗《のぞ》いてみれば、死体がごろごろしていますよ。でも、そんな大事件が起きているというのに、新聞も、動物学者も、よく黙っていられますね。老人は、はにかむように笑って、小声で答えた。ま、みっともないからでしょうね。北海道の連中は、間抜け扱いされることに、とくに神経質なんですよ。

ぼくはさらに感動を深めた。これほどの異常事態を、こんなふうに淡々と、日常茶飯のように喋《しゃべ》る時代が、いつの間にかやって来ていたのだ。日常を夢の言葉で語るのは、そう面倒な事ではない。だが、夢を日常の言葉で語りつくすのは、めったな感覚で出来る事ではないだろう。いまこそ万人が詩人に生れかわる時なのだろうか。

しかし、重ねて問い返し、当然のことだが、すべてがぼくの単純な聞き違いのせいに過ぎなかったことがはっきりした。アムダは、なんと、ハムスターの聞き誤りだったのである。そして、そっくりなのも、「人間」にではなく、「ネズミ」にだったというわけだ。種が分ってしまえば、なんと言うこともない。老人の北海道弁は、聞き取りにくいものだし、列車の騒音も、いまよりはるかにひどかった。

それでも、この誤解を手がかりに、間もなく『どれい狩り』の構想が生れることになったのだ。それが、さらに、こんどの『ウエー』として実を結ぶことになる。

あの列車の中でひろった、ちっぽけな誤解の種子が、二十年以上にもわたって生きつづけようなどと、誰に予想し得ただろう。しかし、そんなものかもしれない。いつだって発想の芽というやつは、育ってしまわなければ目鼻立も分らない、曖昧《あいまい》しごくなものなのだ。

『ウエー』の原型になった、人間そっくりの珍獣アムダは、けっきょくネズミそっくりのハムスターの聞き違えにすぎなかったが、登場人物である「飼育係」のモデルになった藤野君は、まぎれもない実在の人物だったのである。

記憶はさらに古く、三十年ほど前にさかのぼる。終戦の翌年、場所は、満洲《まんしゅう》からの最後の引揚船のなか。船についての用語も不十分だし、知識も不足しているので、正確な描写は出来ないが、とにかく旧式の輸送船か貨物船を改造した、だだっぴろい船腹を想像していただきたい。ハッチの真下に、そこだけ吹抜けになった狭いホールがあり、一方に甲板に出るための急な梯子《はしご》、あとの三方を、二段に仕切ったにわか造りの木の棚がかこんでいる。ぼくらはその中に、イワシの罐詰なみに詰め込まれていた。いや、罐詰のイワシの方がまだましだろう。まっすぐ立つことはもちろん、体を伸して横になることさえ難しいほどの混《こ》みようなのだ。タタミイワシのように、不規則にからみ合っていなければならなかった。だから、うっかり便所(甲板に張出した、穴つきの杉板)に長居でもしようものなら、留守のあいだに自分の領分が半分になっていたりする。居場所を確保するためには、なるべく横になったまま、体を突っ張らせている必要があったほどだ。たまに死人が出たりすると、周囲の者がうらやましがられた。重病人の左右はつねに関心のまとだった。空間はまさに、食糧につぐ貴重品だったのである。

さて、そうした空間の争奪戦のなかで、わが藤野君だけは、いつも平然と体を起こし、あぐらをかいたり、かかえた膝《ひざ》に顎《あご》をのっけたりして、自由な姿勢をたのしんでいたものだ。そんな自由を許された連中には、大きく分けて二種類あった。一つは、排泄物《はいせつぶつ》で汚れきった重病人か、極端に暴力的な危険人物。いま一つは、横になることを一切あきらめてしまった、あきらめの良すぎる人間。この種の人物は、夜も坐《すわ》ったまま寝るしかなかった。だが、藤野君は、そのどちらにも属していなかったのである。昼間、自由な姿勢で坐っているように、夜になればなったで、大の字になって睡《ねむ》りをむさぼる事ができたのだ。まさに例外的な人物だった。

べつに彼が特別な役職についていたせいではない。最大の権力を与えられていた、食糧分配係だって、そんなぜいたくは許されていなかった。藤野君はまったく個人的な方法で、専有空間の拡張をなしとげたのである。その秘密は、一種の商行為によるものだった。つまり取引である。一日に三度、耳搔一ぱいずつのサッカリンという条件で、三人の人間から場所を買い取っていたというわけだ。

当時サッカリンは、もっとも確実で安定した通貨だったのである。誰もが甘味に飢えていたし、値段も高く、それに変質しにくいという利点があった。貴金属類の国外持出しはかたく禁じられていたので——乗船の際、金属探知機でしらべられ、所持者はその場で射殺される、などというデマさえ流れていた——目先のきく連中は、可能なかぎり財産をサッカリンに変えていたものだ。だから藤野君だけがサッカリンを持っていたわけではない。領分をそれで売買しようとした者が他にいなかったというだけのことである。居場所を売り渡した者は、当然、船腹にとどまっていられないので、禁を犯して、甲板の何処かで毛布にくるまっているしかなかった。十月の玄界灘《げんかいなだ》はけっしてしのぎいい気候ではない。だからといって、藤野君を責められるだろうか。完全に合意にもとづく取引だったのだ。

事実、藤野君には、悪びれたところなど少しも見られなかった。「コ」の字型の仕切の正面の中央付近、それも手摺際《てすりぎわ》のいちばん見晴しのきく位置に、広々と陣取って、悠然とあたりを見まわし、自由な姿勢を満喫していたものだ。見晴しのきく場所は、同時に見られやすい場所でもある。見られやすい場所で、人目をひく行為をしているのだから、いやでも注目をあびざるを得ない。藤野君はいつも目立つ存在だった。そして、目立っていることを意識し、それをたのしんでいるふうでさえあった。

もっとも、サッカリンで場所を買っただけなら、藤野君を見る周囲の眼は、もっと敵意のあるものになっていただろう。だが彼はなかなかの戦術家でもあった。勝目がない、とあきらめたとたん、敵意があっさり羨望《せんぼう》に変ってしまう、あの弱者の心理をよくつかんでいた。たとえば、一日に三度、食事の後にきまって大きな容器を取出してくる。バラの花にかこまれて、ロメオとジュリエットがブランコに乗っているような、極彩色の絵をプリントしてある丸いブリキの箱だ。ゆっくり儀式ばった手つきで、蓋《ふた》をとめてある絆創膏《ばんそうこう》のテープをはがす。見ないようなふりをしながら見詰めている、何十（あるいは何百）という焼きつくような視線の中で、おもむろにその蓋を開ける。当時としては、その箱だけでもすでに珍品だったが、なかみはもっと心をときめかせるに足る珍品だったのだ。親指ほどの太さもある、チョコレート・キャンディだった。つまり、容器にふさわしい内容だったわけである。

藤野君は、赤い大きな舌を出して、そのチョコレートの棒をしゃぶりはじめる。ひと舐《な》めごとに息を入れ、ゆっくり時間をかけて、しゃぶりはじめる。当然、それなりの反応はあった。息苦しい沈黙に沈む者、とりとめもないお喋りにふける者、どちらにも耐えきれず、甲板に駈上《かけあが》ってしまう者……さまざまではあったが、敵意をあらわにした者だけは、たしかにいなかったように思う。

考えてみれば、塩水にちょっぴり海草を浮かせた汁いっぱいに、やせた繊維だらけの小指ほどの芋数本という、ぎりぎり限界線上の食事の後のことである。チョコレート・キャンディを妬《ねた》むなど、思い上りもいいとこだ。そんな大それた気持になんか、なれるわけがない。遠すぎる理想。目にしながらも信じられない、幻影のようなものだ。それとも、あんなふうに気を呑《の》まれてしまっていたのは、ぼく一人だけだったのだろうか。

そんなはずはない。そうでない証拠に、藤野君のチョコレートの時間がはじまると、その周囲にきまって数人の人の輪が出来た。顔ぶれは同じこともあったし、違うこともあった。中央のホールを散歩するようなふりをしながら、磁石に吸い寄せられる鉄片のように、さりげなく集ってしまうのである。チョコレートのかけらでも、めぐんでくれるかもしれないという、万一の僥倖《ぎょうこう》をたのんでの事だろうか。違う、そんな希望は、とっくの昔にみじんに砕かれてしまっていた。これは単なる、ご機嫌うかがいなのだ。どうか気兼ねせずに、心ゆくまでキャンディをしゃぶっていただきたいという、けなげな意志表示にすぎなかったのだ。

　そこで、当然のことだが、藤野君の方でも一切気兼ねは示さなかった。集った連中を相手に、カ、カ、カ、カ、と、高笑いをまじえながら、談笑に興じはじめるのだ。チョコレート色に染った舌、甘ったるいバニラ色の息……カ、カ、カ、カ……今日も三人は死にそうだね、いや、四人かな、ほら今泣きやんだ赤ん坊、うん、四人は固いね、カカカ、日本人は、死にやすいんだ、すぐにコロリといっちまう、学問を大事にしなかった報いだね、第一、ペンチリン（ペニシリンの藤野式なまり）も知らない、そんなことで戦争に勝てますか、負けてもともとだよ、ペンチリン、知らないでしょう、カ、カ、アメリカの薬だよ、これさえあればどんな病気もたちどころに全快だ、病気で死なないとなると人間丈夫なものだよ、でもあの赤ん坊は死ぬね、カ、もう長くはない、夕方までは無理だろう、カ、カ、カ、あまり大きな声じゃ言えないが、ほら、餅《もち》なんかにつく青カビ、種を明せばあれがペンチリンの原料でね、燈台《とうだい》のもと暗しとはよく言ったもんだ、でもあまり言いふらさないで下さいよ、アメリカの軍事機密なんだ、日本じゃ医者もまだ知らないというくらいの秘密だからね、カカ、まあいずれ私がものにするから、あんた方、それまで病気しないで待っていなさいよ、カ、カ、カ、カ……

そして、心ゆくまでチョコレートの香を吸込んだ一同は、しばしばぼくもその中の一人だったが、いま自分がこうして生きのびていられるのも、ひとえに藤野君のおかげだという満ち足りた気分にさせられて、それぞれ自分の輪郭よりも狭い領分へと、おのれを埋め込むために引返して行ったものである。

と、書いては来たものの、あの藤野君がなぜ『ウエー』に登場する飼育係のモデルなのかは、いぜんとして不明なままだ。むしろ異質さの方がきわだっているような気がする。しかし、飼育係のために藤野という名を選んだとき、あの引揚船のなかの藤野君を思い浮べていたこともまた事実なのだ。どこに、どんなつながりがあるのだろう。自分の思考の道筋が、自分にもよく分らない。

もっとも、藤野君にかぎらず、モデルという存在が、本来そういうものなのかもしれないのだ。モデル（現実）は想像力を挑発する。その結果うまれた登場人物（表現）が、単に加工され変形されたモデルではなく、まったく新しい創造物であってもべつに不思議はない。その通路が、通常の論理的思考（覚めた言葉）では辿《たど》りきれない迷路だったとしたら、その道を辿ろうとすること自体が無駄な努力というべきだろう。もっとも、迷路通過の方法論があれば話はまた別だ。芸術が現実からの挑発である以上（ぼくはそう信じている）、いくら無いように見えても、なんらかの道筋はあるにちがいない。地図に作製しかねるような道だからこそ、創造的表現にも辿り着けるのではあるまいか。

夢の記録と収集は、つまり、論理では辿り得ないその迷路をくぐり抜けるための、ぼく自身の方法なのである。

蓄音機

ずっと昔、まだ小学校に上りたての頃、一年半ばかり北海道の祖父の家で暮したことがある。祖父は中風で寝たきりだった。いちおうの地主だったが、農繁期には家族全員が出はらい、ぼくが一人で留守役をおおせつかったものだ。しかし手間のかからない祖父だった。何か注文されたり、世話を焼かされたような記憶はまったくない。ただ閉めきった黒っぽい障子のイメージだけが鮮明である。小豆餅《もち》の化物みたいな、突起物だらけのぶよぶよした白い動物が、その障子の向うに巣くっているのだと思っていた。なるべく意識しないように努めていたせいか、部屋の内部のことは、記憶の中からすっぽり空洞のように抜け落ちている。

ときたま想出《おもいだ》したように、従兄《いとこ》が遊びに立寄ることがあった。たしか四、五歳年長で、ぼくに催眠的な支配力をもっていた。やることなすこと衝動的で、しかもスリルと創意に満ちていた。たとえば、鶏のトサカを鋏《はさみ》で切ってまわるとか、カボチャ畠《ばたけ》の蕾《つぼみ》を摘んでまわるとか、生けどりにした鼠《ねずみ》を米倉の中にはなしてやるとかいった、実害も無視できない悪さなのである。遊びと恐怖はいつも紙一重だった。なぜ身にこたえるほどの懲罰を受けた憶《おぼ》えがないのか、今もって分らない。

悪戯《いたずら》の種がつきると、従兄は次に祖父いじめに取り掛かった。障子越しに矢を射込んで、左顎《あご》に怪我《けが》をさせたこともある。襖《ふすま》の隙間《すきま》からさし込んだ釣竿《つりざお》で、瓶《びん》ごと薬を釣上げたこともある。仔馬《こうま》を部屋のなかに追上げたこともある。祖父がわめき始めるのと同時に、一目散に逃げ出していたので、その後どうなったのかははっきりしない。ただ、その夜か翌朝には、かならず医者が往診に来ていたことを想出す。

しかし決定的なのは、なんと言っても例の蓄音機事件だろう。あるとき従兄が、面白い情報を入手してきた。祖父がチャンバラの伴奏音楽に、病的な嫌悪感《けんおかん》を抱いているらしいというのである。さっそく、それらしいレコードが一枚用意された。死んだ伯父の遺品である蓄音機を、仏壇のわきから持出してきて、十畳間をへだて祖父の寝室からいちばん遠い部屋の壁ぎわに据えた。地雷を仕掛ける地下工作員のような気持で、レコードを置き、針をのせた。

効果は覿面《てきめん》だった。祖父の部屋から、予想を上まわる叫び声が聞えた。意味は分らなかったが、怒りに身をよじっている姿が想像できた。それから、信じられないことが起きたのだ。しばらく物音がしていたかと思うと、襖が開いて、寝たきりだったはずの祖父が這《は》い出して来たのである。あわてて外に飛び出し、庭から様子をうかがうことにした。

はじめて祖父が動くのを見た。いったん前につんのめったが、すぐまた起上って片膝《ひざ》を立て、つらそうな中腰になる。それから、斜め前方に、体をよじりながら転倒する。しばらく息を入れ、またゆっくりと起上る。それを繰返しながら、なんとか前進をつづけるのだ。巨大な虫のようだと思った。しかし一動作で半歩も進まない。目的に到達するまでには、まだかなりの時間がかかるだろう。

従兄は笑った。むろんぼくも笑った。笑わずに耐えられる光景ではない。祖父は死んだらきっと幽霊になって出るだろうとぼくは確信した。

レコードが鳴りやんだ。祖父はまだ五、六動作を残していた。とつぜん従兄が駆《か》け上り、手早く蓄音機を止めると、レコードを外して逃げ戻った。祖父が吠《ほ》えた。ねばっこい唾液《だえき》が、糸をひいて畳にしたたった。しかし祖父はこちらを見ようともしない。ぼくらを完全に無視して、さらに蓄音機の方ににじり寄って行く。こわすつもりだろうか。内心、そうしてほしいと願っていたような気もする。やっと辿《たど》り着いた祖父が、蓄音機の上に覆《おお》いかぶさるようにした。蓄音機をこわすくらい、わけはない。体重を利用しただけでも簡単にやれるだろう。

だが祖父は何もしなかった。しばらくじっとしていた後、また起きては倒れ、起きては倒れしながら、いま来た道を引返して行ったのだ。開拓農民だった祖父には、蓄音機をこわすなどという大それた行為は、望んでも出来ないことだったのだろう。

上川盆地の原生林を切り開いて、やっと今日をきずき上げたのだ。代価を必要とする物品に、実際の価値以上のものを感じていたとしても無理はない。
祖父が寝床に辿り着いたのを見届けるのと同時に、従兄はふたたびレコードをセットしに戻った。祖父も負けてはいなかった。もうわめき声もあげず、チャンバラ音楽を伴奏にして、またもや蓄音機までの行進を開始したのである。前よりもはるかに長い旅だった。さすがに従兄も笑わなかった。むろんぼくも笑わなかった。レコードが鳴りやむ前に、祖父は力つきて、ぐったり倒れ込んでしまった。待ちくたびれたぼくらは、別の遊びのために、場所を変えた。祖父の死と関係があったかどうかの記憶はない。咎《とが》められた記憶も、やはりない。

つい昨夜、蓄音機になった夢をみた。祖父いじめに使った、機械仕掛けで動く、あの旧式の手まわし蓄音機だ。誰かがしきりに、ぼくをこわしたがっていた。むろん祖父ではない。もっと身近な誰かだ。胴をしめている木ねじを、ゆっくり確実にゆるめていく手の、感触がある。黙って見すごすわけにはいかない。なんとか自己を主張して、まだ役立つことを相手に示してやろう。ぼくは歌いはじめてみた。レコードは掛かっていないし、ゼンマイはのびきっているのに、なぜかそのつもりになるとちゃんと歌える。立派なものだ。最新式のステレオにだって、なかなか真似《まね》の出来ない芸当だ。誰だって見直さずにはいられまい。

ただ心配なのは音色である。弱々しく嗄《しわ》がれ、下手をするとあわれみを誘う恐れもなくはない。ためらったとたん、解体屋の手に力がこもる。休むわけにはいかないのだ。せめて歌詞をおぼえているあいだは、歌いつづけてやろう。いずれ誰かが、蓄音機に閉じ込められたままの人間がいたことを、想出してくれないとも限らないのだ。

　　インク壺《つぼ》の毒蛇たち
　　こぼれて地図になる

地図を指がさぐると
指が夢をみる
蓄音機という牢屋《ろうや》に閉じ込められた
夢をみる

蓄音機になって歌った歌詞そのままである。一言半句の訂正も加えていない。ぼんやり祖父のことを意識していたような気もするが、直接関係はなかったようだ。しかし、ちくおんき、と声に出して言ってみたとたん、何か遠い過去との結びつきが感じられる。そう言えばぼくは何時《いつ》も壊れかかった蓄音機のような子供だったような気もしてくる。

ワラゲン考

終戦後、間もなくのことだ。当時、瀋陽《しんよう》市には発疹《はっしん》チフスが大流行していた。父も感染して死亡した。ぼくはまだ医学生で、実際の治療にあたる資格はなかったのだが、たまたま家が病院だったし、医療器具や薬品もそろっていたので、ずぶの素人《しろうと》よりはましだろうと、乞《こ》われるままに病人を診てまわった。数をこなしたせいか、とくに発疹チフスに関しては腕が上った。もっともこの病気の診断は、流行時にはごく容易で、とくに自慢するほどのものでもないのだが。

あるとき、誰かから、中国人は発疹チフスの治療に、ワラジ虫の煎《せん》じ薬を使うという話を聞き、むろん信じはしなかったが、なんの気なしに往診先の患者にその話

藤野君のこと

アリスのカメラ

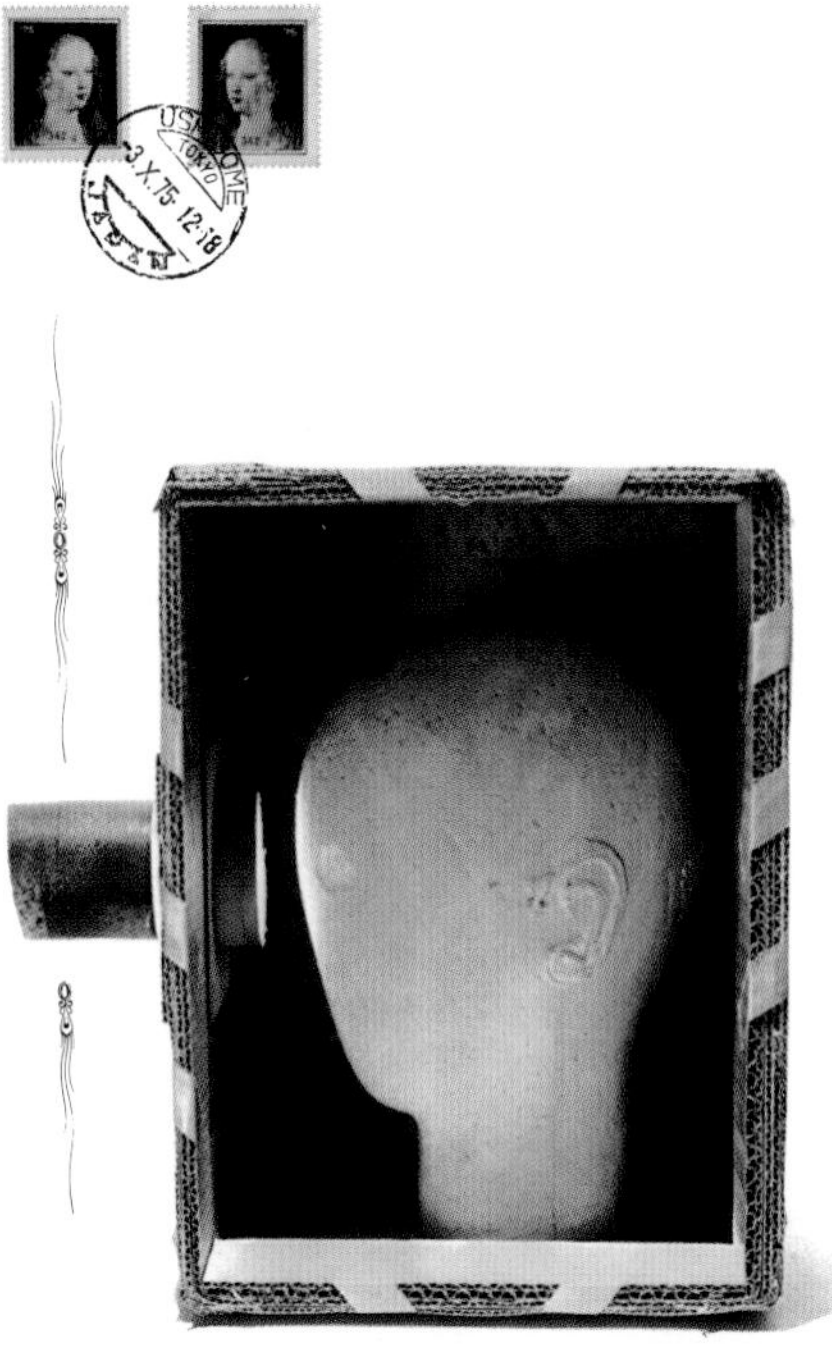

をしたことがある。とたんにその患者が、畳をめくり上げ、するとしけった新聞紙の間から、何十匹ものワラジ虫がうごめき出てきたのだ。あわてたぼくが制止する間もなく、二、三匹を指でつまむなり、さっさと口の中にほうり込んでしまった。

ぼくは狼狽《ろうばい》した。第一、ワラジ虫というやつは、実物どころか、絵を見ただけでも、身の毛がよだつ。ゲジゲジについで苦手な生物なのである。おまけに、生きたまま飲込んだのだから、患者の胃の中で生きつづけたりしたら、どういうことになるのだろう。しかし相手はけろりとしていた。掌《てのひら》の上でころがすと、くるりとまるまり、丸薬のようで飲みやすい、一日に何匹くらい飲めばいいでしょう、などとぼくの出まかせを信じきっている様子だ。せっかくの信頼を裏切り、不安がらせてもいけないと思い、そのまま様子をみることにした。つまり、本職の医者らしくふるまったわけである。

数日後、患者は快方に向った。ふつうより、治り方が早いような気がした。だが、まさかワラジ虫のせいだなどとは考えもしなかった。しかし、心の隅で、ちらと気にかけていたことも事実だったようだ。

それから、しばらくして、病院の運営を一任していた叔父が、肺炎にかかった。運営をまかせるといっても、べつにこちらが希望したわけではなく、父の死後、勝手に向うからおしかけて来たのである。ぼくは好感を持っていなかった。父がいないことをいいことに、わがもの顔にふるまって、病院の薬品類を闇《やみ》で売ったり、砂糖などの貴重品を、こっそりくすねたりしていたからだ。とたんにぼくは、復讐《ふくしゅう》を思い立った。この機会に、ワラジ虫の効用をためしてやることにしよう。単なる嫌がらせではなく、ぼくなりの理屈もあったのだ。発疹チフスの治療の第一原則は、心臓の衰弱をもちこたえさせてやることである。ワラジ虫に、もし薬としての効用があるなら、当然、強心作用にちがいない。強心作用があるなら、肺炎にだって悪くはないはずだ。

ぼくは嫌なワラジ虫を、我慢して庭の石の下などから集めてきた。それをアルコールに漬け、浸出液と、脱水された虫とに分けた。虫の方を、乳鉢ですりつぶすと、キラキラした黒灰色の粉末になった。浸出液の方は、一応後まわしにして、粉の方を、一グラムばかり叔父に処方してやることにした。

いずれ生薬だし、アルコールで浸出した後だから、一グラムくらい大した効果はないと思っていたところ、その夜、わが憎き叔父は一時間ごとに小便に行き、とめどなく汗をかき、ほとんど一睡もできなかったという。多少、良心にとがめながらも、ぼくは予想以上の薬理作用に小踊りしたものだ。これは典型的な、強心利尿剤の作用である。ぼくはこの新薬に、「ワラゲン」と命名することにした。

ただ、実際に使用したのはそのとき一回だけで、その後は一度も使っていない。作用があまりにも強烈すぎたことと、ワラジ虫が生理的に嫌だったせいだ。それに、成分がはっきりしないと、合理主義者のぼくには、やはり抵抗が大きすぎた。

日本に引揚げてきてから、ぼくはこの経験を、薬学科にいた友人に持込んでみた。友人は、とびついてくれるに違いないと信じ切っていた。たぶん彼は、この「ワラゲン」で、一財産つくるにちがいない。ぼくは、そのもうけの一割ももらえば、満足するつもりだった。当時のぼくは餓《かつ》えていて、金のことしか念頭にないうえ、はなはだしく謙虚でもあったのだ。

だがその友人は、せっかくのぼくの提案を、あっさり黙殺してしまった。自分は合成の専門だから、生薬の方にはまったく関心がないというのである。ぼくは落胆し、相手の無欲と無知を軽蔑《けいべつ》した。そして、それ以来、「ワラゲン」の問題はぼくの妄想《もうそう》の底に沈んだきり、石のように動かない。

いまでは、笑い話としてしか、「ワラゲン」のことを口にすることはない。「ワラゲン」を信じなくなったせいではなく、心のどこかでは、いぜんとして信じる気持がありながら、当時の執着や情熱をなくしてしまったのだ。

「ワラゲン」の滑稽《こっけい》さは、考えてみると、青春の滑稽さとどこか一脈通ずるものがあるような気もする。滑稽を自覚できない一途《いちず》さ、自分を客観化できない視野の狭さ……そう言えば、青春の追憶のどんなきらめきにも、どこかワラジ虫の粉の光を連想させるものがあるようだ。絶対に作者にはなりえない、永遠の登場人物的な気ぜわしさと鈍感さ。

ただ、笑いの壺《つぼ》におさめてしまうことで、そうした自分のなかの鈍感ささえ、作者としての仕事の部分に、組込むことが出来たように思うのだ。むろんぼくは作品のなかで、めったに体験を語らない。だが、「ワラゲン」的な青春は、事実存在したのだし、作品のどこかに見えない柱として使われているはずである。必要なのは、体験そのものではなく、むしろ笑いのガスで体験の息の根をとめてしまうことだろう。

もしかすると、「ワラゲン」という命名は、ずっと後になってからの思いつきだったような気もする。「ワラゲン」と名づけた瞬間に、青春の信仰が終ったのかもしれない。たぶんそうなのだろう、青春にはいっさい未練がないが、「ワラゲン」という名前は今でもすこぶる気に入っている。

アリスのカメラ

ぼくにとって、カメラは、いまや仕事の上で欠かすことの出来ない道具の一つである。小説のためのメモ用から、芝居の演出記録まで、用途はかなりの範囲にわたっている。さらに最近では、舞台の上で実際に使うスライドの撮影をしたり、『箱男』の中に自作のスナップを挿入《そうにゅう》してみたり、写真そのものを発表することも珍しくない。技術のことはともかく、カメラの使用度に関するかぎり、セミ・プロ級と言ってもよさそうだ。

べつに自慢話がしたくて、こんなことを書き出したわけではない。カメラがぼくにとって、すでに道具（手段）になりきっていることを、まず断っておきたかったまでのことである。そんな断りをしておく必要があるほど、事実、カメラは現代社会における物神崇拝の代表的対象物にされてしまっている。

とくに日本では、その傾向が顕著なようだ。以前どこかで、ヨーロッパの諷刺《ふうし》漫画に出てくる日本人は、かならず眼鏡をかけて、カメラを持っている、という記事を見掛けた記憶がある。たしかに国内旅行でも、カメラは旅行者のシンボルだ。統計にあらわれた数字もそのことを裏付けている。世界一のカメラ生産国である日本は、同時にカメラの購買力においても世界一を誇っている。一体カメラの何が、日本人をそんなにひきつけるのだろう。

べつの統計は、さらに面白い。カメラを買う人間が多ければ、当然フィルムの消費量も多いはずだが、それが違うのだ。正確な数字は忘れたが、日本人のフィルム使用量は信じがたく低いのである。カメラ王国ではあっても、フィルム未開発国なのである。撮ったフィルムの最初の一枚も、最後の一枚も、似たような正月風景だが、途中は海水浴の風景だった、という笑い話があるくらいだ。ぼくの知人には、もっとひどいのがいて、某社のカメラのすべての型をそろえているほどのマニヤのくせに、機械がいたむと称して、空シャッターを押すことさえ嫌がる始末である。もちろんフィルムを入れたことなんか一度もない。

まさにカメラのためのカメラだ。フィルム王国であるアメリカなどでは、フィルム使用量を増大させるために、アマチュア向けのカメラに工夫をこらすが、そんなインスタント・カメラを受付けるような日本人ではない。いくら操作が面倒な高級機でも、操作しなければ、操作にまごつくこともないわけである。おかげでメーカーは、遠慮なく高級化に専念できる。本来なら、ごく限られた購買層しか当てに出来ないはずの高級機を、どしどし量産出来るのだから、向うところ敵なしだ。使わないのに買ってくれる消費者のおかげで、日本のカメラは世界征服をなしとげたようなものである。

あきらかに物神崇拝である。写真を撮るという行為を離れて、手段であるカメラが目的化されてしまったのだ。べつに批難したりするつもりはない。現代の精神状況の反映として、検討に価《あたい》するものを感じるのである。カメラの何が、こうまで人人をひきつけるのか。人々にとって、カメラとは一体何なのか。

むろん、誰もがかならずカメラ好きだとは限らない。現実的にカメラを考えることの出来る者なら、まずカメラ好きにはならないだろう。写真を撮ってみたいと思うことと、カメラ好きになることとには、微妙で、しかも越えがたい溝《みぞ》があるのだ。プロのカメラマンとの間には、さらに深い溝がある。小説を書きたいと思ったからといって、文房具マニヤになるとは限らないようなものだ。

じっさい、作品を金銭に換えることが出来るプロ以外にとって、カメラは単なる「空想」の道具でしかありえない。撮影した結果は、いつだって白々しいものにきまっている。古いアルバムは、いたずらに変色するにまかされ、めったに開かれる事もない。いったい何を期待して、あの時シャッターを切ったのか、思い出すことさえもう不可能だ。写真を残すつもりで、実は結果の存在しない行為に酔っているのだと気付いたとき、人はカメラを捨て去ろうと決心する。むろんカメラと一緒に、シャッターを押す瞬間の、あの無償の期待も捨て去ってしまうわけだ。

ただ、結果が存在しないことを承知で、しかも期待を失わずにいられる空想家も少なからずいて、それがカメラ好きになってくれるわけである。彼等の願望は、シャッターを押すだけで満されるから、結果にはそうこだわらない。極端な場合には、シャッターを押すことさえ、空想ですませてしまうことがある。そんなことなら、レンズのない偽《にせ》カメラでもよさそうなものだが、そこがマニヤのマニヤたるゆえんなのだ。写せば予想どおりに（あるいは理想どおりに）写るという保証があればこそ、空想を満すことも可能なのである。

だから本物のカメラ好きは、シャッターを押してすぐに結果の分るポラロイド・カメラなんかには最初から見向きもしない。ポラロイド社が、経営の危機に瀕《ひん》しているという噂《うわさ》だが、マニヤの心理に対する読みの浅さもあったのではなかろうか。マニヤがカメラに求めているのは、単なる実用主義的な現実ではなく、むしろ空想なのである。シャッターを押すことで、世界の部分を手に入れる手形にサインをしたつもりになれる、その瞬間の自己欺瞞《ぎまん》がたのしいのだ。当然のことだが、どこか意識の片隅には、それが自己欺瞞にすぎないことの自覚もあるはずである。だからポラロイドはよけいに面白くない。そうした疚《やま》しさの心情もまた、カメラ好きの一つの特徴だろう。

視点を変えて、いささか違った見方をすることも出来る。カメラ好きが、カメラほどにはフィルムに関心を示さないのは、あんがい撮影したいものが現実には存在しないせいかもしれないのだ。カメラが本来もっているはずの、現実指向を逆手にとり、結果を無視することで、現実を拒絶しようとしているのかもしれないのである。そうなるとカメラは存在しないもののシンボルになる。あるいは、現実のネガになる。

『不思議の国のアリス』の作者、ルイス・キャロルが、晩年カメラに凝りだし、それもっぱら少女の写真に熱中して、周囲をはらはらさせたという記事を読み、ひどく落着かない気分にさせられたことがある。ぼくはまだ、そんなふうにアリスを読んだことがなかった。作者が、アリスにそんな感情を抱いていたなどとは、想像もしていなかったのだ。つまりあの小説は、それなりに一種の恋愛小説だったことになる。現実の女性のかわりに、存在しない少女を愛してしまったのだ。そして、たぶん、存在しない少女のポートレートのために、カメラ好きになってしまったのだろう。

シャッターを押しつづけていさえすれば、いつかアリスが写っているかもしれないという幻想。不可能にかけた、一瞬の緊張。それは、現実の拒絶であり、部分への解体の願望でもあるだろう。だが、アリスと出会えるのは、不思議の国の中でしかない。脱出を夢見すぎた者は、いずれ夢の中へと脱出して行くしかないのである。

シャボン玉の皮

『箱男』のなかに入れた八枚の写真は、それなりに好評だった。と、自画自賛したりできるのも、ぼくがまだアマチュアの尻尾《しっぽ》を残しているせいだろう。しかしあれ以来、なかなか写真が撮れなくなった。シャッターを押しかけても、それが自分にとってどこまで必然的な瞬間であるのか、疑わしくなり、するともう指が動いてくれないのだ。多少はプロの心境に近づきはじめたしるしなのだろうか。

考えてみると、ぼくにはまだ自分のモチーフがよく自覚できていない。なぜ写真を撮ろうとするのか、どんな写真を撮りたいと考えているのか、自分で自分の気持が整理できていないのだ。だがある種の傾向はある。ぼんやりとだが、一定の嗜好《しこう》はみとめられる。シャッターを押す動機を、無理に分析したりするまえに、どんな場合にシャッターを押したくなるのか、とにかくその具体例を思いつくままに並べてみることにしよう。

まずたとえば、ゴミである。なぜかぼくはゴミにひきつけられる。あるいは、ゴミを捨ててある場所にひきつけられる。最近のように、ゴミ処理が限界に達すると、本来はそう似つかわしくない場所にまでゴミが氾濫《はんらん》し、ゴミにふさわしい場所のイメージはすっかり薄れてしまった。しかしまったく無くなったわけではない。川や橋や道路や鉄道が交差し合っているような所で、構造上どうしても人間が住めない空間があり、しぜんゴミ捨て場として利用されることになる。さいわいそういう空間は、あまり人目につかない場所にある。街のなかの、影か穴ぼこのような位置にあたっているので、人はそのかたわらを通り過ぎても、めったに立止ったりすることはない。見ようとすれば、見えるのだが、とくに見ようとしなければ、見ないでもすませられる。いわば世間にとって未登録の空間なのである。

ぼくもそんな場所に、わざわざ立止ってみたりするわけではない。一瞬、目の隅でかすめるようにして、通り過ぎてしまう。なぜか気後れがして、正視しかねるのだ。しかし、通りすがりざま、何か呼びかけてくる声を聞く。すると、自分がその空間に、なにか不当な態度をとってしまったような、疚《やま》しさを感じるのだ。ぼくは、こだわる。だが、いくらこだわっても、立止る気はしない。そこでカメラに自分の義務を代行してもらうことになるわけだ。シャッターを押すという行為は、ぼくの黙殺を非難する物や空間に対する、せめてもの弁明なのかもしれない。

ゴミ捨て場の光景は、ぼくの場合、かならずある記憶のなかの風景と結びつく。たしか中学の頃だったと思う。ぼくが育った奉天《ほうてん》市の南の境界は、雨期ごとに氾濫する渾河《こんが》という大きな河の堤防だった。その堤防と鉄道線路がまじわるあたりに、大きな沼があり、その沼全体が、市のゴミ捨て場になっていた。もっとも、中心のごく深い所をのぞくと、年の大半は干上っていたので、ほとんどのゴミが地上に露出し、実際に足を踏み入れてみなければ沼であることも分らないほどだった。

　学校が近くにあったので、何度かその近くまで遊びに行った記憶がある。べつに禁止されていたわけではないが、めったに近付かなかったのは、たぶん恐怖のせいだ。ぼくらは沼が、周辺に捨てられたゴミを、中心部に向って吸いよせているのだと信じ込んでいた。事実ゴミは中心に近いほど、深く泥の中に埋って見えた。もっとも、中心部を覆《おお》っていたのはゴミではなくて鴉《からす》だったのかもしれない。夕暮、その沼の表面をめくり上げるようにして、何千羽という鴉が舞い上るのを見たような記憶もある。まだ青いはずの空の半分が、とつぜんまっ黒になり、ぼくらは畏怖《いふ》の念をもって堤防にしゃがみ込んでしまったような憶《おぼ》えもある。とにかく、記憶のなかでその郊外のゴミ捨て場は、なにか人間離れのした尊厳をにじませていたものだ。

　あるいは、沼のはずれ、ちょうど鉄道に面した位置に常設されていた、晒《さら》し首用の台のせいで、いっそう印象が強められているのかもしれない。太い杭《くい》に支えられたT字型の板に、裏から燭台《しょくだい》のように鉄の釘《くぎ》を三本打ちつけた、三人用の晒し台である。列車の窓からちょうど正面に見える位置にあった。晒されている首の実物を、実際に見たかどうか、その辺の記憶は明瞭《めいりょう》でない。黒い糸屑《いとくず》のかたまりのような物を、ちらと見掛けたような気もするのだが、記憶がつくり上げた想像だけかもしれない。誰が何んのために晒されるのか、よくは分らなかったが、とにかく見せしめのためだと言われていた。誰であっても、闇《やみ》の中からとつぜん首だけになって姿をあらわし、鴉の餌《えさ》になって消えていくその人物は、ぼくらに恐怖と憧憬《しょうけい》の念を植えつけた。その絶対に伝説を語られることのない、登場人物のために、ゴミ捨て場の沼はかっこうの背景だったように思うのだ。

未来に待ちかまえている過去。人間を咀嚼《そしゃく》する大地の口。唇も歯も舌も、すべてが土気色。

その他、ぼくはさまざまな廃物を写す。

廃物に近いような、人物を写す。

『箱男』におさめられた八枚の写真も、それぞれなんらかの意味で、廃物、もしくは廃人のイメージである。

——期限切れの宝くじの番号に見入っている、若い暴力団員。

——喀血《かっけつ》で呼吸困難におちいった重症患者のための病室の貼紙《はりがみ》。

——万博会場における、身体障害者の記念撮影風景。

——駅の公衆便所。

——ミラーに映っている旧海軍将校用のクラブ。

——タイヤのない自転車に全財産をつみ込んで歩いている乞食《こじき》。

——文字どおりのスクラップの山。

——それからなぜか貨物列車。ぼくの分類法によれば、これも廃物の仲間らしいのだ。

べつに種明しが目的ではない。ぼくの写真は事実の記録ではないから、内容の解説は無用である。ただシャッターを切った時の情況を理解してもらうために、いちおう書いてみたまでのことだ。

しかし、ぼくはこうした情況の意味の面白さにひかれてシャッターを切ったわけではない。ゴミ捨て場と同じく、それら廃物や廃人たちが、恐ろしい声で叫ぶのを聞いたせいなのだ。それ以上の説明はできない。とにかく音叉《おんさ》のように、ぼくの内部で何かが共鳴しはじめ、身の毛のよだつ思いで、しかも強くひきつけられてしまうのだ。

ぼくはその叫びを恐れながら、同時に聞えなくなることを恐れているような気もする。もしあの叫びが聞えなくなったら、シャッターを押したいという衝動も失われてしまいそうなのだ。いや、これは単にシャッターだけの問題ではないだろう。ゴミ捨て場のイメージが消滅すると同時に、あらゆる創造の衝動が消えてしまいそうな予感がある。小説も舞台も、けっきょくはゴミ捨て場から聞えてくる叫びを、かわって叫ぶ作業のように思われる。

とにかくぼくは、ゴミにひかれる。廃物や廃人との出会いが、何よりもぼくを触発する。それは人間の恥部に似ている。虚《むな》しく、壮麗で、ただ存在することによってあらゆる意味を圧倒してしまう。当然のことだ。「有用性」が「廃物」に負けることはありえても、「廃物」が「有用性」に屈服したりすることはまず不可能だろう。動物は植物の例外的な偶然であり、植物は鉱物の例外的な偶然の産物にすぎないのだ。支配原理は残念ながら、動物の側によりも、鉱物の側にあるようだ。たとえば戦場は、人間を鉱物の法則にゆだねる代表的な例である。いまさら、産業廃棄物による環境汚染くらいで、深刻に眉間《みけん》にしわをよせたりすることはないだろう。ゴミに挑戦しようなどという思い上りが、ゴミの再武装をいっそう強化させたのだ。心得てしていることなら、それもいい。ぼくはニヒリストを気取るほど楽天家ではないが、希望を語るにはゴミと気心を通わせすぎた。ただ、せめて自分だけのオリジナルな死を死ぬために、一般的な死を拒絶したいと思うくらいの利己心はある。

ゴミ捨て場から聞えてくる悲鳴は、どうやら、ゴミを食う沼にくわえこまれ、咀嚼されはじめた「有用性」の叫びらしい。すくなくもぼくには、そんなふうに聞える。まだ自分がゴミそのものではないという自覚（もしくは幻想）が、かろうじて日常を支えてくれているシャボン玉の皮なのだ。そのシャボン玉の皮の上に、たぶん明日も、ぼくはなんとかゴミを食う沼の見取図を書きつづけることだろう。もしかするとゴミは砕かれた人間の伝説なのかもしれない。

ある芸術家の肖像

　ＡもＢも実在する人物である。この二人は新傾向を代表する若手劇作家として、一方が論じられる時には、かならず他方が引合に出されるといった具合で、とうぜん張り合う面もあったが、それ以上に強い仲間意識で結ばれた間柄であった。世評も二人の間を公平にゆれていたようだ。と、ここまでが事実で、ここから先が夢になる。

　ある日のこと、ＢがＡの家に強盗に入るという事件がおきたのだ。そのときＡは、赤い毛糸の襟巻《えりまき》に顎《あご》を埋め、コーヒーとウイスキーを交互に舐《な》めながら、テレビの深夜放送をぼんやり眺めているところだった。ふと台所の方でした気になる物音に、またいつもの泥棒猫だろうくらいに考えて、ちょうど目についた母校での講演記念の文鎮を手に様子をうかがうと、呆《あき》れたことにそれがBだったというわけだ。

Bはピストル（むろん偽物《にせもの》にきまっている）片手に、窓枠《まどわく》に両脚をひらいて立っていた。ねじが外れた換気扇をずらしてもう一方の腕を差し込み、色が変るほどのばした指先で留め金をまさぐっている。一瞬Aは目を疑った。だが事実は事実なのだ。なんていう、あさましい奴《やつ》だろう。これがBの正体だったのか。こうもあっさりBの尻尾《しっぽ》をつかんでしまうなんて、むしろ不本意なくらいだ。それにしても、そこまで正体を見届けてしまったぼくを、あいつがやすやすと見逃してくれるだろうか。顔見知りの犯行ほど残虐性《ざんぎゃくせい》もひどいという。Aはあわてて受話器をつかみ一一〇番をまわした。だが電話は通じない。Bに電話線を切られてしまったらしいのだ。

立ちすくむ。それからふと、もう物音がやんでしまっていることに気付く。もう一度台所をのぞいてみると、Bの姿は消えていた。駈《か》け出して玄関のドアを開けると、人影が、あわてて引込めた舌先のような素早さで、門から外に走り去るところだった。水入りの風船がしぼんでいくような、長いゆっくりとした溜息《ためいき》。部屋に戻って、テレビを消し、赤い毛糸の襟巻のなかにすっぽり鼻まで埋まる。

一杯くわされたのだろうか。いたずらだとしたら、とんでもなく悪意に満ちたいたずらだ。あいつはきっとこの茶番を、何処《どこ》かに書いて、ぼくを笑いものにするつもりに違いない。まずい事になってしまったものである。

だが待てよ、ぼくはあいつを見たが、まだ見られてはいない。兇器《きょうき》をつかむ手つきで文鎮を構えていたことも、殺気をおびた猛獣気取りで台所にしのびよったことも、Bに気付いてたちまち糊《のり》をかぶったような顔になったことも、まだ見られてはいないのだ。これ以上気に病むことなんかあるものか。……しかし、そうだろうか、本当にそうだろうか。ちがう、すくなくも一つは、現場をおさえられている。たとえばぼくは、あいつが門から逃げ去るところを見届けている。見届けるためには、玄関のドアを開けなければならず、当然音がしたわけだから、あいつは見られたことを確認しているはずなのだ。さらに問題なのは、あいつの逃走を目撃していながら、ぼくが声もかけず、呼び止めようともしなかったことだろう。そのつもりになれば、けっこう使いでのある材料だ。

取返しのつかない事をしてしまった。どうして一言、声をかけるくらいのゆとりが持てなかったのか。濡《ぬ》れた下着みたいな悔恨。いまごろBは、涙を流して笑いころげているにちがいない。ぼくはすっかり見透かされてしまった。いずれあいつは、ぼくの俗物ぶりを、ここぞとばかりに宣伝してまわるのだ。

Aはたてつづけに四、五杯、ウイスキーをあおり、喉《のど》の渇きをとめるために、ビールを三分の一ほど開け、やっと一つの結論に到達する。気に入らない貰《もら》い物は、そのまま突き返してやるのが一番だ。向うがその気なら、こっちも遠慮はしていられない。Aははやる気持をおさえながら、赤い毛糸の襟巻をさらに頭の上まで引上げて覆面がわりにし、左右の上衣《うわぎ》のポケットに、それぞれ登山ナイフとロープを入れ、黒の皮手袋をはめてこっそり外に出た。断るまでもなく、こういう事は妻にも子供にも内緒である。

いったん行動にうつると、打って変って気持が軽くなり、それにつれて足取も軽くなり、ふとこの出来事全体を、芝居に書けるのではないかと思いついた。すぼめた唇で、ずるそうな笑い。そうだ、もしかするとBのやつも、案外そのつもりだったのかもしれないじゃないか。きっとそうだ、そうに決まっている。これからぼくのすることを、そっくり二幕目の材料にでも使うつもりなのだ。おあいにくさま、そうは問屋がおろすものか。Aは立ち停って、赤い襟巻の下で強く鼻を鳴らした。あいつには、ぼくがあのまま、家にこもりっぱなしだと思わせておいてやろう。それであいつの二幕目は、ごくありきたりの心理劇に終ってしまうのだ。ところが実際のぼくは、このとおり、盗賊のいでたちで深夜の街をさすらっている。あいつが待ちうけていた二幕目を、見事に途中でかすめとり、まんまと鼻をあかしてやろうと言うわけだ。

Aは芝居がかったこなしで、さらに暗い街並へと一歩踏み出し、口に出して呟《つぶや》いてみた。

「さて、ここから先は、ぼくだけしか知らない秘密の抜け穴だ。ほら、闇《やみ》の中に溶け込んで、ぼくの姿はもう見えない。」

とたんに闇がせり上って、彼を薄明の側に押し戻した。同時に、向うの闇の底から、どっと笑声が上り、Aは舞台に立っているのだった。胃の中に残っていたアルコール分が、ねばねばした固形物に変る。腋《わき》の下が汗ばみ、吐き気がする。しかし、幕が上り、客が入っている以上は、黙っているわけにもいくまい。それに、もしかすると、これがぼくの二幕目なのかもしれないのだ。なんでもいいから、とにかく声に出して言ってみよう。自分の作品であれば、せりふは自然に出てくるはずだし、出てきたせりふが自然なのだ。

「問題は、しかし、まったく逆の場合もありうるということです。これがB君の作品ではないという保証は何処にもない。現に、今のぼくは、作者というよりも登場人物に近い感じですね。」

再び爆笑。多少気持をとりなおしたAは、襟巻を顎の下まで引きおろし、せいいっぱいの健気《けなげ》な調子で先をつづける。

「ぼくは嫌だな、もしこれがB君の作品だとしたら。他人の仕事に、これ以上のサービスはないでしょう。そう思いながらも、引込みがつかず、ぼくはここに釘付《くぎづ》けです。なぜって、ぼくの作品でないという証拠も、同様にないわけだからね。弱ったことになった。しかし、これ、芝居になるんじゃないですか……この宙ぶらりんな状態……なりますよ、絶対……ええ、もちろん、このままでも芝居ですけど、こういう芝居を演ずるという、そのもう一つ先の芝居……これ、新しい着眼ですよ、ぼく、いただきだな。」

だが、予期した笑いはもう起きてくれない。Aはびしょ濡れの唇を拭《ぬぐ》い、両手の腹でこめかみのしこりを揉《も》みほぐし、くじけかける心を、はげましながら、思いつく限りの言葉を手当りしだいに手繰《たぐ》りよせるのだ。

「そうそう、思い出した。一幕で、もう一つぼくが見落していた、大事なこと。犬ですよ。犬が吠《ほ》えなかった。B君の不法侵入に対して、ぼくの犬は、うんともすんとも鳴かなかった。B君も、あんがい、その点をいちばん問題にしていたんじゃないかな。わけがあるのです。ぼくは犬に餌《えさ》をやるのを忘れていた。あいつは、三日も餌を忘れていると、せっかく餌を持って行ってやっても、じろりと白眼をむいて、すねてみせたりするんです。知らない人間を見ると、かえって尻尾を振ったりする。ああいう駈け引きをするような犬は、もう犬らしくなくて、ぼくは嫌いです。それにしてもB君のおせっかいには参ったな。あれでぼくを批判したつもりなのでしょうか。ぼくが忘れず餌をやってさえすれば、B君のドラマは、その発端からして成立しなかったはずだ。べつにB君の仕事にけちをつけるつもりはありません。しかし、たかだか犬の餌のことでしょう。まったく気が知れないよ。そこでもし、仮にこの芝居が芝居として成立っているとしたら、おのずから、当然のなりゆきとして……」

いきなり何度目かの幕が、急速に降りた。Aはもう先をつづけることが出来ない。

「当然のなりゆきとして」幕の向うは、なんの反応もなくひっそりと静まり返ったままだ。おそらくBもその静寂の中で、ひっそりと薄笑を浮べているのだろう。それでも休憩時間が過ぎれば、いずれまた幕が上るのだ。逃げ出すわけにもいかず、Aはなすすべもなく立ちつくす。幕の後ろの闇の中に、何時《いつ》までもじっと立ちつづける。

阿波《あわ》環状線の夢

まるで夢らしくない夢もある。

場所は四国の徳島付近。阿波環状線という鉄道があって、その一帯に奇妙な風習が残っている。男性が女性の後方から性行為を行うかぎり、条件のいかんにかかわらず、正当とみなされ、咎《とが》められることはないらしい。地元の女性はつねに警戒を怠らないため、めったに襲われたりすることはないが、そうした風習に無知な旅行者は、しばしば危険にさらされる。とくに国鉄駅から環状線に乗換える、跨線橋《こせんきょう》の長い階段のあたりが、女性旅行者の難所として知られているという。荷物をもって階段を上っているときの女性の姿勢が、いかに無防備なものかは、あらためて説明するまでもないことだ。それにしても、こんな風習がなぜいつまでも黙認されつづけているのか、誰しも納得しかねる事だろう。一説によれば、地元の観光業者の当局に対する強力な働きかけのせいだとも言われているが、もっと単純に、誰ひとり信じる者がいないという、ただそれだけの理由のためだと主張する者もいて、どうも後者の説のほうがより説得性があるようにも思われる。現に犠牲になった当の女性自身が、被害の実在について、最後まで半信半疑のままだということだ。

ぼくはこの夢を、枕元《まくらもと》のテープに吹き込んだまま、ながいあいだ書くのをためらっていた。四国の徳島という地名以外は、すべてが完全な作り事で、そんな風習はもちろんのこと、阿波環状線などという鉄道だって（ちゃんと地図に当って調べてみた）、まったく架空の存在にすぎないのだ。いや架空だけならべつに驚かない。どうせ夢のことだし、夢の変形作用の意外性くらいは、もう馴《な》れっこだ。

だが、いくらフロイド流の分析をしてみても、正直言ってなんの手掛りも見出《みいだ》せ

シャボン玉の皮

ある芸術家の肖像

ない。なんとなくエロティックな夢なので、ここまで変形させなければならなかった元の衝動も、さぞかしエロティックなものだろうと、期待しながらせいぜい努力してみるのだが、さっぱり思い当るものがないのである。

さらに不可解なのは、この夢が、まったく視覚的なものを伴っていなかったことだ。したがってイメージの展開がない。時間的にも、空間的にも、ぼくは夢のなかでなんの体験もしなかった。体験しなかったばかりか、体験する主体としての一人称感覚が完全に欠如していた。だから、夢の中で誰かに話したわけでもなく、話しかけられたわけでもなく、また読まされたわけでもなかったのだ。あれは単なる事実であり、情報であり、知識であり、言葉の積木細工にすぎなかった。しかもぼくは夢を見た。イメージになり得ないものを、どうやって見ることが出来たのだろう。夢を見るというのは、いったいどういう事なのだろう。

あれ以来、夢についての考え方がぐらついてしまった。大半の夢には、たしかに見ている主体（自己）があり、変形作用はその主体と外界との関係の面でおこるものだ。自分が三人称的に登場してくる場合もままあるが、その場合だって、見られている自分を見ているのは、やはりもう一人の自分なのである。夢には、その体験者（主体）の存在が前提条件だと思い込んでいた。

ところがこの阿波環状線の夢には主体（私）の存在がまったく欠けていた。それなりに面白い内容だし、目が覚めてから半信半疑の気持で地図をしらべてみたほどのリアリティもあったのだが、情景はもちろん、登場人物が一切存在しないのだ。あるのはただ認識だけ。聞き手も語り手もいない。純粋な認識なのである。認識は構造であって、存在ではない。するとぼくは夢の中で、非存在を見てしまったのだろうか。

そのせいだろう、ぼくはあの夢の中のエロティックな奇習に、さっぱり責任を感じない。無意識にせよ、ぼくが考え出し、創《つく》り上げた妄想《もうそう》（なかなか上出来な妄想だったと自賛している）にちがいないのだが、エロティックな妄想につきものの疚《やま》しさは、まったく感じられないのだ。夢が自己検閲による変形の産物だという、フロイド流の解釈を受入れることは、この夢に関するかぎりまったく不可能である。

夢の引金が、光、音、皮膚刺戟《しげき》、などの生理感覚によって引かれ、飛出した弾丸が脳細胞の何処《どこ》かに命中すると、あとは玉突きのようにオートマティックな運動の連鎖がイメージを形成する、という道筋についてはぼくもまったく同意見だ。だから、日常的なルールに対して、しばしば破壊的な働きをするエロティックなイメージが形成されかけると、すかさず自己検閲の機構が作動し、夢を変形してしまうという場合だって無くはないだろう。とくに迷走神経が緊張しがちな夜明けの夢には、その種の性的な変形夢が一般的かもしれない。性衝動のコントロールは、社会の日常化のための、重要な歯止めの一つなのである。（シュールレアリスティックな夢は、だから夜明けの夢の特性なのかもしれない。）

だが、すべての夢が、自己検閲によって変形されるとは限るまい。すべてのバナナは果物だが、すべての果物がバナナだとは限らないのである。刺戟を受けた大脳のノイロンが、ごく素直に連鎖反応をおこして、ひずみのない正像を結ぶことだってあるはずだ。ぼくの阿波環状線の夢も、たぶんそんな種類の夢だったにちがいない。まったく架空の内容にもかかわらず、百科事典の記述を思わせる明快さがあり、いわゆる夢のようなと形容される像の歪曲《わいきょく》がほとんど認められない。同時に日常感覚を惑乱させるほどの力もない。出来事の異常なわりに、きれいに割切れていて、驚きを感じさせないのである。

さらに、主体が欠如している点についても、それなりの説明はつく。たぶん、ぼくの職業に関係しているのだ。引金は一般の夢と同様、ごく単純な生理的刺戟でも、その刺戟が連鎖反応をおこしやすいコースは各人各様で、日頃から言葉の操作に従事しているぼくのような場合、イメージをともなわない言葉だけの網が編まれてしまう可能性だってあるわけだ。夢を見たという表現は、もはや適切でなく、夢のなかで言葉が編まれた、とでも言い替えるべきだろう。

こういう夢の記述はむつかしい。夢を書くには、一定のスタイルがあり、やはり見たように書くのがいちばんだ。見たように書くことによって、夢らしい効果も出る。体験の非日常性が、浮彫りになってくれる。しかし見なかった夢を、見たように書くわけにはいかない。ぼくがながい間この夢を、テープの中で眠り込ませたままにしておいたのにも、それなりの理由があったわけである。

この体験は、書くという行為のもつ意味を、あらためて考えさせてくれるものだった。夢を書くのに適したスタイルで書けない夢は、夢としての価値もない、というごく簡単な事実である。作家はその仕事の性質上、とかく言葉のオートマティズムに流されやすい。むろん、見た夢だって、オートマティックなものには違いない。しかし、見なかった夢（純言語）のオートマティズムとは、本質的に違うものなのだ。見なかった夢を――それがいかに発明にみちた着想であろうと――作品を醗酵《はっこう》させる発想の種子だと錯覚したとたん、取返しのきかない衰弱がはじまるのである。

まず、見なければいけない。そして、確実に見たかどうかを繰返し自分に問い質《ただ》してみよう。見たものと、見なかったものとを、厳正に選《よ》り分けて、見なかったものを捨て去ることに、ためらいを見せないことだ。捨てるいさぎよさが、たぶん書くという行為に、必然性を取戻してくれるはずである。書くべき夢は、見た夢であり、だからこそ書くことも可能なのだ。

案内人

　案内人が石段を降りて行く。ぼくはその後をついていく。相手が案内人である以上、ついていくのが当然だ。眼がなれるにつれて、先ほどから気になっていた靴底に伝わる感触の意味が分ってきた。アスファルトの舗装ではなく、油がしみこんだ木の床なのだ。薄暗い路地だと思っていたところが、じつは細長い工場のなかの通路だったのである。

　工場といっても、機械の類《たぐい》はなにも無い。天井の低い荒壁にそって直角に、木のベンチが数メートル間隔で並べられている。一つのベンチに一人ずつ、中年の女のような顔をした男が馬乗りになっている。白く粉をふいたような、むくんだ顔。区別がつかないほど似通っているところをみると、顔を規準に採用したのかもしれない。それとも、男のように見える女なのだろうか。

男、もしくは女たちの前には、それぞれ五十センチ角ほどのブリキの箱が置いてある。作業は完全に呼吸が合っていて、右手で箱の中から枯葉色の毛屑《けくず》を毟《むし》り取っては、左手に持った割箸《わりばし》の先にまきつけるのだ。まきつけられた毛屑が、しだいに形をととのえ、やがて太目のアイス・キャンデーのようになる。その先端にくびれめをつけ、足元のバケツの液にひたし、もういちど箱の毛屑にまぶしてやると、ちょうどガマの穂くらいの男根の形になった。

急に外が騒がしい。窓の向うを、大勢の若い女たちが、先を争うようにして駈《か》けて行く。気掛りな腰つきで、体をくねらせながら駈けて行く。あれは小便をこらえて、我慢しきれなくなった腰つきだ。ずらりと並んだ、便所の板戸と、古くなった冷凍魚の刺戟臭《しげきしゅう》を連想し、するとベンチの作業員たちが、手にしたガマの穂先をぼくのほうへ向け、これ見よがしに振ったり、まわしたりしながら、みだらなしのび笑いをもらすのだ。

案内人がぼくをその工場の片隅にみちびく。厚くて重い一枚板のテーブルがあり、どうやらここで食事をすることになるらしい。それにしてもこの臭《にお》いは気に入らない。乾草《ほしくさ》（と言っても、埃臭《ほこり》い雑草）をいぶしているような、いがらっぽい空気が、喉《のど》ばかりか眼までけむたく刺戟するのだ。何かもっと質《たち》の悪い臭いをかくすための、偽装のような気もする。それとも、何か思いがけない、特殊な香辛料でも使われているのだろうか。

「いかがです、お気に召しましたか。」

返事を期待するというより、ぼくの満足を信じきっているらしい、誠意のこもった案内人の口調に、ぼくの疑念は出口をふさがれてしまう。相手の視線に合わせて、店内を見まわしながら、必要以上に何度もうなずき返すしかなかった。

やがて何処《どこ》からか、給仕がメニューをくばりに現れた。しかし、目をとおす間もなく、案内人が、ぜひ当店自慢の鳥肉料理をおためし下さい、と珍しく断定的に言い、給仕も、おおよそ給仕らしくない馴《な》れなれしさで、そうね、まかせちゃいなさいよ、と、ひったくるようにぼくの手からメニューを取上げてしまうのだ。冗談めかしたその親しげな微笑には、とてもさからう気はしなかった。

ほどなく、当店自慢を自称する、問題の鳥肉料理がはこばれてくる。鳥肉料理……と、案内人も給仕も、口をそろえてそう言うから、そう信じるしかないわけだが、皿に盛られているのは、ただの灰色の粉なのだ。粗挽《あらび》き胡椒《こしょう》を、ふるいに掛けたような感じの、白と黒の粒子が混り合った粉末なのだ。もっとも、鳥肉でないと言いきる自信もなかった。手のこんだ料理になると、ほとんど原型をとどめず、種明しをしてもらわなければ、もとの材料を想像するさえ困難な場合だって珍しくはない。大豆が豆腐に変形しうるのだから、鳥が粉末化することだって、あり得ないことではないわけだ。

「なんだか、腑《ふ》に落ちないようなご様子ですね。」

案内人が、給仕と顔を見合わせ、くすりと笑う。

ぼくもつとめて平静をよそおい、粉末の山を匙《さじ》の腹で押しつけたりしながら、

「要するに、けっきょく、鳥肉の粉なんだな。鳥肉を乾燥して、粉に挽いたのかな。」

「そんな穿鑿《せんさく》をしてちゃ、味が悪くなるよ。」いきなり給仕が不作法な早口で、「ここは、料理を食べるところで、言いがかりをつけに来るところじゃない。いくらお客だからって、出した料理に文句はつけさせないよ。他所《よそ》がどうだろうと、材料や原料をいかに消滅させるかが、うちの料理法の方針でね。出した結果を信用してもらう。信用してくれるお客だけに来てもらう。だいたい料理なんて、そんなものじゃないの。うちばかりじゃないよ、ひたすら信じて、ただ食べる、それが料理を味わうなによりの秘訣《ひけつ》だと思いますがね。」

とつぜん案内人が、通路をへだてた作業台に向い、ズボンを膝《ひざ》まで下して、四つん這《ば》いになった。作業員が、仕上ったガマの穂を一本抜き取り、いかにも職業的な手馴れた手つきで、案内人の尻《しり》の穴に挿入《そうにゅう》する。

「肛門《こうもん》の清掃だよ。」

ことをなげに給仕が言い、ぼくもなんとなくそんな気がした。それからしばらくは、皿の粉末鳥料理に熱中する。やたらに吸湿性が強く、すぐに唾《つば》が涸《か》れてしまうので、ほとんど味は分らない。しかし、飲込める程度にはしめしてやらなければならないので、かなりの努力を要する作業だった。

肛門掃除を先に終えた案内人が引返してきた。ズボンのファスナーを閉めながら、仏頂面《ぶっちょうづら》の給仕になだめるような視線を送り、テーブルの下でぼくの脛《すね》をさりげなく蹴《け》り上げる。

「けっきょく、これが、現代のレストランということなんですね。いろいろと問題もあるとは思いますけど、レストランとは何か……人々がレストランに求めているもの……ね、現代の食欲のありかたを追求して行けば、けっきょくこういう形に行きつく以外にはないんじゃないでしょうか。必要なのは、求め方よりも、与えられ方なんです。私、案内人としての長年の経験から申し上げるのですが、お分りでしよう。」

そう、分るような気もした。実際に分ったわけではないが、なんとなく分るような気はした。まわりでは、いぜんとして、音なく適確な手さばきでガマの穂の製造がつづけられている。窓の外を、便所探しの女たちの別の集団が、腰をくねらせながら駈け抜けて行った。どうやら、このレストランにも、便所は無さそうだ。しかしぼくには、もう質問する手順も分らない。

自己犠牲

波風のはげしさも、さることながら、なにぶんあまりにも急激な沈没だったので、かろうじて救命ボートを降したものの、乗り移ることが出来たのは、私をふくめ、わずか三名だけという始末だった。それから、七十五日間の漂流のあと、奇跡的に私一人だけが生還できたわけである。

ところが、関係者のあいだでは、生存者が私一人であったことについて、なにやらいかがわしい臆測《おくそく》をめぐらせていると聞く。べつだん、全面否定をするつもりはない。たしかに大きな犠牲が支払われた。しかし、最大の悲しむべき犠牲者は、ほかでもない、この生きのびた私自身だったのだ。

私たちのボートは、ゴムとアルミ材を組合わせた、最新式のものだった。船底に大きな、貯水タンクがあり、節約すれば一年でも保《も》ってくれそうな、効率のいい固型燃料の備えもあった。その他、小さな診療所が開設できそうなほどの、たっぷりした救急箱。完全防水の寝袋。防水ケースに入ったカセット・プレイヤー。オール・ステンレスの調理具一式。と言った具合で、食料品をのぞけば、ほとんどあらゆるものが完備していたのである。

そんなわけで、暴風圏を出たあと最初の一日は、遭難の悲愴《ひそうかん》感などまるで無かった。しかし、二日目になると、唯一《ゆいいつ》の欠乏品である食料が、他のすべての完全装備を、しだいに圧倒しはじめる。三日目になると、防水ケース入りのカセット・プレイヤーを、誰かが海にほうり投げた。四日目には、救急箱の中の、劇薬以外の薬――むろん絆創膏《ばんそうこう》も――を、すっかりしゃぶりつくした。そして、いよいよ五日目になり、私たち三人は、期せずして全く同じ見解に到達したのである。

いま必要なのは、何をさしおいても、まず食料だ。そして、その食料に出来るものは、現にこのボートの中にある。ただ、その食料に出来るものを、食料とみなすか、みなさないかという、見解の相違はいぜんとして残されたままだ。しかし、釣針なしに魚を釣ることとくらべれば、そんな見解の相違の調整くらい、簡単なことだろう。

事実、見解は最初から一致していた。誰もが、自分自身についてなら、すこしもためらわずに食料とみなす心づもりだったのだ。

私自身の主張はこうだった。

「医者には、他人の生命をまもり、維持しなければならない義務がある。自分を食用に供しなければならないとすれば、誰をさしおいても、まず私だろう。」

それに対して、コック長が反論した。

「とんでもない。医者には、注射をするとか、死亡診断書を書くとか、他の仕事もあるでしょう。しかし、料理人は、純粋に、他人に食料を提供するという目的のためだけに存在しているのです。お二人とも、もっぱら食べる立場の人間であることをお忘れなく。」

最後に、二等航海士がしめくくった。

「なるほど、料理人は、食料の加工が職務でしょう。だが、加工品の提供と、加工すべき材料の提供とでは、まったく話が違いますからね。より正確に言うなら、料理人には、料理の材料を請求する権利と義務があり、さらに医者には、その料理人が義務を遂行するために必要な、健康管理の義務がある。そうなると、差し引きして残ったぼくが、料理の材料であることに、もはや疑問の余地はないはずだ。どうか、お二人とも、この際いたずらに感傷的になるのはよして、食料としての適格者がぼく以外にないことを、冷静に受け止めていただきたいのです。」

こうまで理詰めに言われると、私も、コック長も、すっかり自信をなくしてしまった。それでも私たちが、未練がましくしていると、二等航海士は大型ナイフを引き抜き、われとわが喉笛《のどぶえ》を掻《か》き切った。勇気もあり、義務感も強い、わが二等航海士は、私たちに殺人の負い目を負わせるような、薄のろではなかったのである。

人体の解体作業は、私のお手のものだった。肉だけで三十二キロもあり、腎臓《じんぞう》やレバーなど、食べられる内臓を選り分け、骨もスープ用にまとめると、ボートの食料貯蔵庫はもういっぱいだった。とりあえず、満腹すると、コック長は腸を洗って、レバー・ソーセージを造り、あとまる一日かけて、保存のために全部の肉を海水でボイルした。こうして二等航海士に言い負かされた私とコック長は、さらに二十日間あまりも生き延びさせられてしまったのである。

やがて再び食料が底をつく。飢えはじめて、五日目に、私とコック長とは、再びゆずり合いの論争をはじめなければならなかった。

「さあ、今度こそは、ぼくの番だ。」と、かなりの自信をもって、まず私が口火を切った。「まさか、ぼくらを言い負かした、二等航海士の言葉を忘れちゃいないだろうね。ぼくには、料理人としての君の健康を管理する、義務があるんだ。やむを得ざる職業上の倫理というやつさ。その最後の義務を果すために、じゅうぶんな蛋《たん》白質《ぱくしつ》と脂肪の補給という、処方箋《しょほうせん》を書かせてもらうことにするからね。」

「食べさせる相手がいなくなった料理人は、もう料理人じゃない。」コック長は、平然と私を見返し、言葉をつづけ、「食べさせる相手のいなくなった料理人には、もう料理の義務もない。義務のない料理人のためには、先生だってなんの義務もないはずだ。」

「料理人であろうと、なかろうと、ぼくには君の健康を管理する義務がある。」

「私には、先生に料理を提供する義務がある。」

「材料と料理は違うだろう。君がいなけりゃ、料理にはならないよ。」

「最近じゃ、鉄板焼なんていって、客が自分で煮たり焼いたりしてたのしむ料理もありますからね。」

「へらず口はよしなさい。とにかくぼくは医者なんだ。君を見殺しにするわけにはいかないよ。」

「お互さまさ。あんたみたいな藪医者《やぶいしゃ》を食ったりしたら、盲腸炎にかかっちゃう。」

「おれだって、あんたのまずい料理には、もううんざりさ。」

「だから、勝手に自分で料理しろって言ってんじゃねえか。」

職業的誇りを傷つけられたせいか、コック長は我を忘れて、いきなり衝動的なふるまいに出た。私を突き飛ばすなり、背後の棚から、骨切り用の大型ナイフをつかみ出したのである。思う壺《つぼ》だと、内心私はほくそ笑んでいた。当然、その怒りは、私に向けられるものと思っていたからだ。油断だった。コック長は、そのナイフの刃先を、こともあろうに自分の心臓めがけて突き下したのである。

コック長の肉は、三十六キロあった。味もよかった。二等航海士をけなすわけではないが、さすがに長年、美食できたえ上げただけのことはあったと思う。おかげでさらに、四十日あまりを食いつながされたばかりか、無事救出された時には、遭難以前にくらべ、三キロも増えていたほどだ。だが、いまさら生きのびたことを悔むのはよそう。なにも肉や脂《あぶら》だけが問題なのではない。危機に際して、人間がいかに気高く、自己犠牲の精神を昂揚《こうよう》させうるものか、まさにその点こそが、この短い講義を通じて言いたかったことの骨子なのだ。つらい犠牲を強いた二人の友を、私はとうに許してしまっている。

話しおわって、聴講の学生たちを見まわすと、医者はメスを取上げ、静かにぼくの解体作業にとりかかった。

空飛ぶ男

ある朝、ぼくは幻のような夢をみた。それとも、夢のような幻をみたと言うべきだろうか。

台所のバケツに溺《おぼ》れたネズミの悲鳴が、救急車のサイレンに変って、夢から這上《はいあが》る。冷蔵庫の牛乳でうがいをしながら外を見ると、まだ青というまでにはなっていない夜明けの空を、男がひとり飛んでいた。

当然のことだが、ぼくは信じなかったし、驚きもしなかった。前の夢は忘れてしまったが、どうせ夢の続きだと思ったからだ。しかし、珍しい夢だとは思った。自分が飛ぶ夢ならともかく他人が飛ぶ夢は珍しい。窓ぎわによって、目をこらす。男は腹を下にして、魚のように水平になって飛んでいた。黒い切り抜きのような輪郭しか見えないが、男であることに間違いはない。風になぶられる髪を掻《か》き上げる仕《し》種《ぐさ》、あいまいな腰つき、自信がなさそうな膝《ひざ》の角度……推定三十五、六歳。狭いバス通りをへだてた、すぐ向うの家並の上を、通りと平行に、自転車くらいの速度でゆっくりなめらかに飛んでいる。夢でなければ、錯覚だろう。錯覚でなければ、夢以外にはありえない。

男は飛びつづける。ちょうど真向いの二階家の屋根すれすれに、風に流れる風船のような滑らかさで飛びつづける。それから突然こちらを振向いた。テレビ・アンテナに掛けた手を軸にして、くるりと半回転するなり、さぐるように首を傾《かし》げてぼくを見た。

油断していた。どうせ夢だと思っていたので、額を窓ガラスに押しつけ、上半身を相手の視線にさらして、気にもしていなかったのだ。あわてて身を引いた。夜明けの空の変化は、想像以上に早い。ほんの十数秒のあいだに、男の眼鏡のつる<ruby>が見</ruby>

分けられるほど明るくなっていた。相手はたしかにぼくを確認した。ぼくを見据えながら、肩をすぼめ、膝が胸にとどくくらい深く海老《えび》なりになる。それから急に体を伸ばすと、はずみをバネにして身をひるがえし、たちまち屋根の向うに姿を消してしまった。

考える。浅瀬の魚みたいだと思った。額をこする。しかしそう深くは考えない。馬鹿馬鹿《ばかばか》しい、と口に出して呟《つぶや》いてみながらも、多少のねたみは感じていたようだ。瞼《まぶた》が重くなる。ぼくはふとんに引返し、重ねて夢の中の睡《ねむ》りに沈みこむ。

目を覚ます。ノックの音が、遠慮がちに、しかし根気よくぼくを呼びつづけていた。こんな時間に誰だろう。半開きにしたドアの向うに、見馴《みな》れぬ男。ありふれたグレイの背広に、紺のネクタイ。肉のそげた毛穴の目立つ顔に、別誂《べつあつら》えで取り付けたような長い顎《あご》。

「けっこうです。」

不機嫌に言い捨てて、ドアを閉めかけた。どうせセールスマンか何かに決まっている。何のセールスマンだろうと、用はない。だが相手は無言のまま、ぼくを押しのけ、部屋に入り込んでしまったのだ。後ろ手に、しっかりドアを押えながら、

「ごらんになりましたね。」

冷えていないビールの栓を抜いたような息づかい。

「ごらんにって、何を……」

記憶の底に貼《は》りついた、もう一枚の薄い記憶。濡《ぬ》れた紙のような、剝《は》がしにくい記憶。そうだ、あの男だ……飛んでいた男……空を泳いでいたシルエット。するとこれは、まださっきの夢のつづきなのか。それともさっきの出来事が、夢のような現実だったのか。

「どうか、気になさらないで下さい。」男は目を伏せ、肩をすぼめて、弁解がましく言葉をつづけ、「本当に、あなたが想像している以上に、なんでもない事なんです。いや、以上というより、以下というべきでしょうかね。まあ、風変りな夢だっ

たくらいに考えていただいて……」

「気になんかしていませんよ。」ぼくの声には自信がない。うまく状況判断が出来ないのだ。「なにもわざわざ、寝る子を起こすような真似《まね》しなくたって……最初から夢のつもりでいたんですからね。」

「いや、あなたは冷蔵庫を開けて、牛乳瓶《ぎゅうにゅうびん》が空になっていることに気付く。夢の中で牛乳が飲めますか。東向きの窓だったから、あなたからは逆光線で見分けにくかったでしょうけど、私からはあなたのしている事が、それこそ寄せた眉《まゆ》の間の皺《しわ》の数まで読みとれた。駄目ですよ、牛乳瓶という、のっぴきならない証拠があるんだ。信じられないのなら、ちょっと、冷蔵庫をのぞいてみたら。」

「それで?」

「だから、忠告して差上げているんです。あまり大げさに考えすぎると、収拾がつかなくなる。最初はちょっぴりした違和感でも、その亀裂《きれつ》が日を追って深くなり、あなたの日常感覚を狂わしてしまう。他人との間に溝《みぞ》ができる。人間関係が崩壊していく。ついには生きていること自体に、なじめなくなってしまう。」

「大げさなのは、あんたの方だよ。世間には、君、まさかと思うような事がざらだからね。」

「もっと自分の気持に正直になったらどうです。」

「それに、そうだ、いまも夢なのかもしれない。夢のつづきだったら、いくら牛乳瓶が空っぽだろうと、べつに不思議はないわけだからな。」

「その夢が、いつまで経《た》っても、いくら待っても、覚めそうにないと気付いたとき……想像してごらんなさいよ……そんな事に耐えられると思いますか。」

「夢なら生涯の夢だって一瞬の出来事さ。そんな事より、君、どうやって飛ぶの。何かこつというか、念力のようなものかな。それとも、ホーバクラフト式の……でも、音はしていなかったみたいだね。」

「なるべく人目につかないように、努力はしています。でも闇夜《やみよ》に飛んだって、飛んだ気がしない。せめて夜明けの三十分くらい、目立ちにくい地形を選んで屋根すれすれに飛ぶことにしています。それでも、百パーセント人目をさけることは不可能だ。やはり今朝のような不慮の災難に出っくわしてしまう。未必の故意だと言われれば、それまでですが……」

「勘繰り過ぎだよ。ちょっと被害妄想《もうそう》の気味もあるな。ぼくなんか野次馬根性の強い方だから……」

「ある人なんか、勤め先で私のことを話題にしすぎたために、ほとんど内定していた課長の椅子《いす》を棒にふってしまったというし、どこかの奥さんは、とうとう亭主から離縁されてしまったそうだし、もっとひどい場合は、精神病院にいれられたという例さえあるんです。冗談ですませられる話じゃないんですよ。」

「それも分るけど……」

「本当に分っているのかな。」

「君、本当に飛べるんでしょうね。」

弱々しく微笑を浮べ、とつぜん男の背がのびた。のびたと見えた分だけ、宙に浮いたのだった。思わず一歩さがった、ぼくの頭の上を、しだいに前傾しながら弧を描いて上昇しはじめる。ぼくは仰向《あおむ》いたまま、床に坐《すわ》り込む。男は、天井すれすれに、水平になって停止する。まったく別人になった相手を、形容する言葉が見付からなくて、ぼくは苛立《いらだ》った。

「ほら、嘘《うそ》じゃない。」

「ぜんぜん道具は使わないんですか。」

「使いません。どうです、とても見ちゃいられないでしょう。人間もこうなるとおしまいですよ。」

「とんでもない。うらやましいな。第一便利じゃないですか。混雑したバスや電車なんか、相手にしないで、すいすい何処《どこ》にでも行けるわけだし、ガソリン代もかからずに済むし……」

「それほどスピードは出ないんです。」

「でも、二点間を結ぶ、最短コースをとれるだけでも、絶対便利だと思うけどな。」

「実用価値はゼロですよ。まあいいとこ、見世物で評判をとるくらいのところかな。」

「しかし、プライバシーの盲点だからなあ。窓の戸締りにしたって、いちおう飛べない人間を前提にしたものでしょう。実用価値はともかく、その気になれば、透明人間なみにいろいろと……」

「なぜそんなふうに話をそらすんです。」

「そらす……べつに……」

「でも、恐《こわ》いんでしょう。」

「恐いって、何が。」

「まさか私みたいに、飛べるようになりたいとは思わないでしょう。」

「そりゃ高望みすぎますからね。出来たらぼくだって飛びたいよ。だって、君、人間が空を飛ぶってのは、こりゃちょっとした才能でしょう。誰にでも出来ることじゃない。恐いどころか、うらやましいくらいだ。夜明けの空中散歩なんて、思っただけでもすかっとするな。」

男は器用に手をはわせて壁を降り、床にそろえてあった靴に両足を差し込んだ。

「本当ですか。」

「嘘なんか言ったって、仕方がないだろう。」

「すると私は、はじめて例外的な人間に出会ったのかもしれない。」上半身をねじって、靴の鋲《びょう》をとめながら、「私の思いすごしだったとしたら、いや、ほっとしました。いつも、何処をたずねても、まるで怪物あつかいでしょう。つらいですよ。恐怖が事態を悪化させる元兇《げんきょう》なんだ。実をいうと……あなたのような方だから、安心してお話しも出来るんですが……この浮游《ふゆう》現象は、どうも、伝染力を持っているらしい。」

「伝染力……」

「病気にたとえると、その病原菌にあたるのが、つまり、飛ぶ人間に対する恐怖、と言うより、飛ぶ人間を知ったことによる、心のゆがみ……分るかな……世界がばらばらになっていくような、一種の崩壊感ですね。私のことを思い出すでしょう。思い出すたびに、心の芯《しん》から、汚れた黒い水みたいなおびえが、じわじわにじみ出してくる。この世が黒いほら穴のように見えてくる。その中に、ぽつんと一人、取残されたような気持になったとき……」

「でも、ぼくは、ぜんぜんだな。君に恐怖感なんて、想像もつかないよ。」

男は音をたてずに手のほこりを払うような仕種をして、小さくうなずいた。

「安心しました。これで肩の重荷がおりましたよ。寝起きを襲うようなことをして、本当に失礼してしまいました。どうぞ悪《あ》しからず。」

案内人

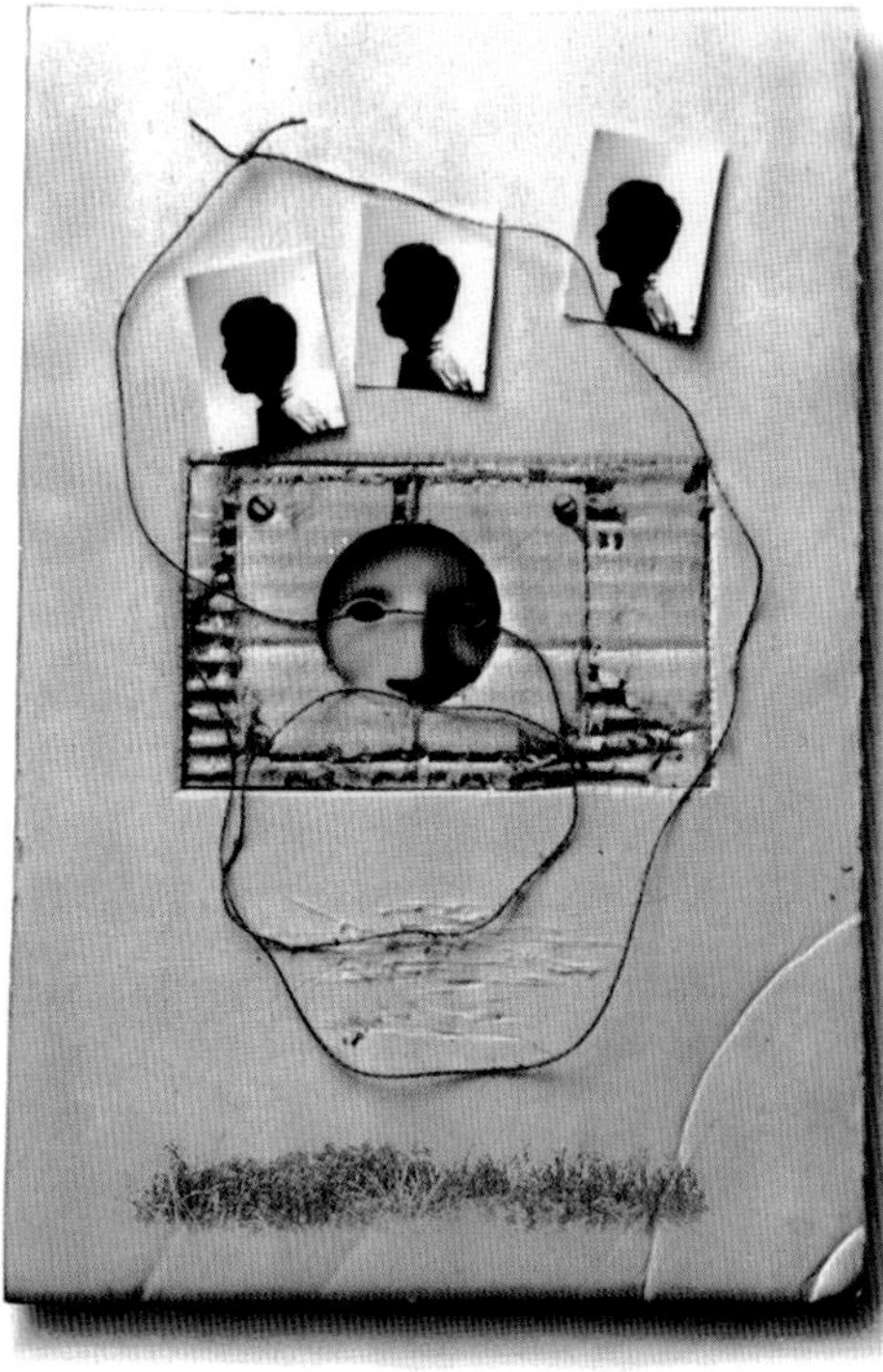

公然の秘密

鞄《かばん》

雨の中を濡《ぬ》れてきて、そのままずっと乾くまで歩きつづけた、といった感じのくたびれた服装で、しかし眼もとが明るく、けっこう正直そうな印象を与える青年が、私の事務所に現れた。新聞の求人広告を見たというのである。

なるほど、求人広告を出したのは事実である。しかし、その広告というのが、なにぶん半年以上も前のことなのだ。今頃になって、ぬけぬけと応募してくるというのは、いくらなんでも非常識すぎる。まるで採用されないために、今日まで応募を引延したと言わんばかりではないか。

呆《あき》れてものも言えないでいる私を尻目《しりめ》に、

「やはり、駄目でしたか。」

と、むしろほっと肩の荷をおろした感じで、来たときと同じ唐突さで引返しかけるのだ。はぐらかされた私は、ついあわてて引留めにかかっていた。

「まあ、待ちなさい。私だってこだわるのが当然だろう。なぜ半年も前の求人広告に、いまさら応募する気になったのかな。そこの所を、納得できるように説明してもらいたいね。納得できさえすれば、それでけっこう。ちょうど欠員が出来て、新規に補充も考えていた矢先だし、考慮の余地はあるんだよ。いったい、どういう事だったのかな。」

「さんざん迷ったあげく、一種の消去法と言いますか、けっきょくここしかないことが分ったわけです。」

言い方によっては、かなり思わせぶりになりかねない口上を、青年はさりげなく言ってのけ、私も妙に素直な気持になっていた。

「具体的に言ってごらんよ。」

「この鞄のせいでしょうね。」と、相手は足元に置いた、職探しに持ち歩くにはいささか不似合いな――赤ん坊の死体なら、無理をすれば三つくらいは押し込めそうな――大きすぎる鞄に視線を落し、「ぼくの体力とバランスがとれすぎているんです。ただ歩いている分には、楽に搬《はこ》べるのですが、ちょっとでも急な坂だとか階段のある道にさしかかると、もう駄目なんです。おかげで、選ぶことの出来る道が、おのずから制約されてしまうわけですね。鞄の重さが、ぼくの行先を決めてしまうのです。」

私はいささか気勢をそがれ、

「すると、鞄を持たずにいれば、かならずしもうちの社でなくてもよかったわけか。」

「鞄を手放すなんて、そんな、あり得ない仮説を立ててみても始まらないでしょう。」

「手から離したからって、べつに爆発するわけじゃないんだろう。」

「もちろんです。ほら、今だってちゃんと手から離して床に置いている。」

「分らないね。なぜそんな無理してまで、鞄を持ち歩く必要があるのか……」

「無理なんかしていません。あくまでも自発的にやっている事です。やめようと思えば、いつだってやめられるからこそ、やめないのです。強制されてこんな馬鹿《ばか》なことが出来るものですか。」

「うちで採用してあげられなかったら、どうするつもり。」

「振出しに戻ってから、またあらためてお願いに上ることになるでしょうね。地形に変化でも起きないかぎり……」

「しかし、君の体力に変化がおきるとか、鞄の重さに変化がおきて、ぜんぜん歩けなくなるとか、宅地造成で新しい道を選べるようになるとかすれば……」

「そんなにぼくを雇いたくないんですか。」

「可能性を論じているだけさ。君だって、もっと自由な立場で職選びが出来れば、それに越したことはないだろう。」

「この鞄のことは、誰よりもぼくが一番よく知っています。」

「なんなら、しばらく、あずかってみてあげようか。」

「まさか、そんなあつかましいこと……」

「なかみは何なの。」

「大したものじゃありません。」

「口外をはばかられるようなものかな。」

「つまらない物ばかりです。」

「金額にしたら、いくらぐらいになるの。」

「べつに貴重品だから、肌身離さずってわけじゃありません。」

「しかし、知らない人間が見たら、どう思うかな。君はそう、腕っ節の強い方でもなさそうだし、ひったくりや強盗に目をつけられたら、お手上げだろう。」

青年は小さく笑った。私の額に開いた穴をとおして、何処《どこ》か遠くの風景でも見ているような、年寄じみた笑いだった。笑っただけで、べつに返事はしなかった。

「ま、いいだろう。」私も負けずに、声をたてて笑い、額に手をあてがって相手の視線を押し戻し、「べつに言い負かされたわけじゃないが、君の立場も、なんとなく分るような気がするな。一応、働いてもらうことにしよう。それにしても、その鞄は大きすぎる。君を雇っても、鞄を雇うわけじゃないんだから、事務所への持込みだけは遠慮してもらいたい。その条件でよかったら、今日からでも仕事を始めてもらいたいんだが、どうだろう。」

「けっこうです。」

「勤務中、鞄は何処に置いておくつもり。」

「下宿が決まったら、下宿に置いておきます。」

「大丈夫かい。」

「どういう意味ですか。」

「下宿から、ここまで、鞄なしで辿《たど》り着けるかな。身軽になりすぎて、途中で脱線したりするんじゃないのかい。」

「下宿と勤め先の間なんて、道のうちには入りませんよ。」

青年はやっと、表情にふさわしい爽《さわ》やかな笑い声をたて、私もほっと肩の荷を下した思いだった。知合いの周旋屋に電話で紹介してやると、彼はさっそく下見に出向いて行った。ごく自然に、当然のなりゆきとして、後に例の鞄が残された。

なんということもなしに、鞄を持上げてみた。ずっしり腕にこたえた。こたえたが、持てないほどではなかった。ためしに、二、三歩、歩いてみた。もっと歩けそうだった。

しばらく歩きつづけると、さすがに肩にこたえはじめた。それでもまだ、我慢できないほどではなかった。ところが、急に腰骨の間に背骨がめり込む音がして、そうなるともう一歩も進めない。気がつくと、何時《いつ》の間にやら私は事務所を出て、急な上り坂にさしかかっているのだった。方向転換すると、また歩けはじめた。そのまま事務所に引返すつもりだったが、どうもうまくいかない。いくら道順を思い浮べてみても、ふだんはまるで意識しなかった、坂や石段にさえぎられ、ずたずたに寸断されて使いものにならないのだ。やむを得ず、とにかく歩ける方向に歩いてみるしかなかった。そのうち、何処を歩いているのか、よく分らなくなってしまった。

べつに不安は感じなかった。ちゃんと鞄が私を導いてくれている。私は、ためらうことなく、何処までもただ歩きつづけていればよかった。選ぶ道がなければ、迷うこともない。私は嫌になるほど自由だった。

公然の秘密

なかば埋めたてられた掘割に、古いコンクリートの橋がかかっている。しかし、その橋と平行に新しい道路が建設され、今はもう使われていない。ときたま疲れたセールスマンや集金人などが、手摺《てすり》にもたれて一服したり、子供がキャッチボールをしていたりするだけだ。いずれは取壊されて、掘割の中に埋められてしまうのだろう。掘割の底には、泥と汚水がねっとりとよどんでいる。捨てられた古自動車などが、薄い粘土の被膜をかぶって、レリーフをつくっている。形がはっきりしているのは、その古自動車だけだ。あとはなんだかよく分らない。

根元からへし折られた街路樹のようなものが見える。風もないのに、かすかに動いている。いや、いくら風が吹いたって、泥に埋まった樹《き》が動いたりするわけがない。動くはずのないものが動いているのだ。

しかし誰ひとり気にとめる者はいない。気にしていても、しないようなふりをしている。子供に質問されたら、湧上《わきあが》るメタンガスのせいだとでも答えるつもりだろうか。むろん子供だって、ちゃんと真相を見抜いている。すでに公然の秘密なのだ。誰もが見て見ぬふりをしているだけのことである。動きやむまで待つしかない。いずれ埋立工事も再開されるだろうし、そうすればすべてが無かった事になってくれるのだ。

動きが大きくなった。気のせいだろうか。気のせいのようでもあるし、事実のようでもある。まずいのは、不審に思ったのがぼく一人ではなかったという事だ。すでに橋の上には人だかりが出来ていた。人数は、はっきりしない。三人のようでもあるし、十人のようでもある。はっきりさせる必要もないし、させたくもなかった。

ぼくはひたすら、水面の変化だけを追いつづけた。見ずにすませられれば、それに越したことはないが、見てしまった以上は仕方がない。気付いているのがぼく一人だと思い込むためにも、目をそらさない方がよかったのだ。

動いている。たしかに動いている。白く乾いた泥の被膜に、裂けめができた。黒く濡《ぬ》れた水面に形があらわれた。

樹の幹に見えた部分は、背骨だった。枝に見えた部分は、その背骨から左右にひろがった肋骨《ろっこつ》だった。骨と骨のあいだの、油紙のような皮。骨はもがいて起上ろうとしている。そんなはずはない、どうせ錯覚にきまっている。いまさらそんな余力が残っているわけがない。あれは断末魔のあがきなのだ。次の瞬間、ばらばらに砕けて、それで終りにきまっている。

誰もが息をひそめていた。ぼくも息をひそめて待った。それ以外の結末なんてあるわけがない。

だが、いっこうにあきらめる気配を見せないのだ。なおも泥の亀裂《きれつ》がひろがり、ついに背骨の前に大きな頭部が露出した。伏せた皿のような形をしていて、背骨が無ければ、死んだ獣の腹のようにも見える。つづいて前脚をふんばり、そいつは肩からゆっくり起上った。瘦《や》せ細った体から黒い汚水がしたたり、やっと全身の形が見分けられるようになった。

やはり飢えた仔象だった。白っちゃけた枯木色、多少緑がかった灰色の皮膚、不釣合に大きな頭、いつも微笑《ほほえ》んでいるような小さな眼……鼻は腐って、すっかり短くなってしまっているが、もう疑う余地はない。たしかに飢えた仔象《こぞう》なのだ。

誰かの声がした。

「驚いた話だな。」

すかさず別の声が答えた。

「しらばくれるんじゃないよ。」

同感だった。この事件に関するかぎり、驚いたと言っても嘘《うそ》になるし、驚かなかったと言ってもやはり嘘になる。

仔象はゆっくり、崩れた掘割の斜面をのぼりはじめた。見ると足先もやはり腐っている。といっても、肉の腐りかたではなく、植物の腐りかただ。地中に埋められた枯木の腐りかたに似ていた。とても上まではもたないだろうと思う。だが期待に反して、仔象の足取はしだいに軽くなる。痩せ細って、体重がほとんど無くなってしまったせいだろうか。それとも逆に、腐っても象と考えるべきなのだろうか。

腹が立ちはじめた。無邪気すぎる。誰ひとり仔象を泥の中に突き落そうとしないのは、ほんのちょっとしたはずみに過ぎないのに。こういう愚鈍さにはまったく我慢がならない。仔象の行為が見逃されているのは、見物人がつい呼吸を合わせる機会を失したという、偶然のせいに過ぎないのに。

やがて仔象は掘割を這上《はいあが》り、道端に立った。骨格の標本に紙を張ったような体をゆすって、顎《あご》を突き出した。腐り落ちてさえいなければ、高々と鼻をかかげて見せるつもりだったのかもしれない。家並にそって、ゆっくりと歩きだす。腐った足で、よろめきながら歩きだす。最初の商店の前に足をとめた。主人らしい中年の男が歩道に水を撒《ま》いていた。男は仔象を見て体をかたくした。首を左右にふって、視線をそらせ、さっさと奥に引込んでしまう。無理もない。その店は薬局で、象に食わせるようなものは何も売っていないのだ。仔象は哀願するように店の中をのぞき込み、小さな両眼に涙をうかべた。それとも片眼だけだったろうか。

橋の上では苛立《いらだ》たしげに、素早い会話がかわされていた。

「あんなもの、幻想だと思ってなぜ悪い。もともと日本にいるわけはないんだからな。」

「でも、象の化石は日本でも発見されていますよ。」

「人間が住むようになる前に亡《ほろ》びてしまったんだ。責任なんか無いさ。」

「観念としての象なら、仏教といっしょに上陸しましたよ。」

「じゃ、認めるってのかい、あいつがうろつきまわるのを……」

「認めはしないけど、黙殺もできないな。とにかく、目ざわりであることをはっきり主張するのが先決じゃないですか。」

「おまけに腐りかけている……」

「そう、出しゃばらせる必要はないよ。」

「どぶの中だからって、油断したのがまずかったんだ。」

「あそこに象がいることは、誰もが知っていた。いわば公然の秘密でしたね。しかし、いないも同然だと信じていたからこそ、許せもしたんだ。」

「いるはずのないものが、いたって、いないも同然でしょう。」

「しかし、存在しないものは、存在すべきじゃない。」

「腐りきるまで、あの中でじっと待っていてくれりゃよかったのに……」

ふと仔象がこちらを振向き、会話が中断された。仔象の表情にべつに敵意はなかったが、誰もが狼狽《ろうばい》を隠せない。それから腐り落ちた鼻先を突出すようにして、ぎくしゃく体をゆすりながら、こちらに向ってやって来た。ひと足ごとに、バケツで撒いたように水がしたたり落ちる。風が吹くと体が傾いた。しだいに空洞化していっているのだろう。

「可哀《かわい》そうに、見ちゃいられない……」

橋の上から誰かが何かを投げつけた。小さな箱のようだった。箱は相手まで届かなかった。仔象はうれしそうに駈《か》けよって、ゆっくりと小さな口で齧《かじ》りはじめた。

「マッチだよ。」と弁解がましく小声が言った。「ほかにやるものが無かったんだ。」

「いいんじゃないの、どうせ象は草食なんだから……」

「それに、燐《りん》には、防腐作用もあるしね。」

つづいていくつものマッチ箱が、いっせいに仔象めがけて飛んだ。なかにはすでに火を吹いているやつさえあった。ガス・ライターも数箇《こ》はまじっていたような気がする。それでも橋の上を見上げた仔象の視線には、感謝の色がこめられていた。まだしめっぽさが残っているので、多少の火の気くらいは平気だったのかもしれない。

仔象は小さな口で食べつづけ、ぼくらは待った。何を待っているのか、はっきりはしなかったが、とにかく待ちつづけた。仔象は無邪気に食べつづけ、ぼくらの間には、しだいに殺気がみなぎりはじめていた。当然だろう、弱者への愛には、いつだって殺意がこめられている。

やがて仔象は、古新聞のように燃え上り、燃えつきた。

密会

まず、ＪＡＦ（日本自動車連盟）発行の地図の緑色のページを開く。斜めに見上げるように睨《にら》みながら、静かに歩きだす。睨むのは左眼で、歩くのは右眼がいい。そんな気がする。すると短い木の橋がある。だから橋を渡ると横浜だ。横浜はほぼ環状の道路群でドーナッツ型に構成されており、扇子のように折りたたみ可能な印象をもつ。

いま一人の男がその橋を渡っていく。ついさっき夢を見はじめたばかりの中年の医者である。医者は軟骨外科の医局長で、左の胸のポケットの縁に緑色の識別標をつけている。だが昼休なので白衣は着ていない。渡り終えた医者が振向くと、つづいて渡りはじめた若い娘が淡い微笑を浮べる。今日、三度目の退院をする予定の患者で、軟骨の三分の一がプラスチックと特殊合金で補塡《ほてん》ずみなのだ。医者は、差しのべかけた手を、あいまいな身振でにごし、なにも無理矢理病室から連れ出したわけではないのだから、と自分に言い聞かせ、また先に立って歩き出す。この位置関係なら、万事が患者の自由意志とみなされるし、患者から信頼されているという医者としての優越感も満足させることが出来るのだ。

地下道の非常口の階段を上ると、横浜駅の待合室に出る。壁をへだててすぐ内科の待合室なので、ここはさっと通過したい。他人の眼をはばかっただけでなく、ほかにも焦《あせ》る理由があった。昼休を利用して、同僚の女医と密会の約束がしてあるのだ。だから早いとこ適当な場所を見つけて、患者を満足させてやらなければならない。

駅のトイレットでは、掃除婦たちに邪魔される。駅裏にタクシーの運転手相手の屋台のたまりがあり、昼間はほとんど人気《ひとけ》がないはずなのだが、あいにく今日にかぎって花札博打《ばくち》の開帳中だった。銀行の玄関脇《わき》も、三時をまわってくれなければ利用しにくい。アパートの非常階段下は、どこも休憩中のセールスマンたちに占領されてしまっていた。

やがて一軒の古ぼけたホテルの前に出る。古ぼけてはいるが、ちゃんとしたホテルだ。医者はためらう。同僚の女医と打合わせておいた密会場所なのだ。追いついた患者が、白っぽい、頼りきった微笑を浮べて医者を見上げる。すべてを了解済みの、その楽天的な微笑を裏切るのはむつかしい。それに、いずれこのホテルの前に出ることは、前から予期していたことでもあった。医者は患者をうながして、ホテルの廻転《かいてん》ドアを押す。

左手にフロントがあり、右手にレストランがあった。ちょうど会食中の十数人が、一瞬静まり返って、こちらを振向いた。彼をのぞく、医局の全員だった。おまけに密会の約束をしてあったはずの女医までが、何くわぬ顔でその会食に仲間入りしているのだ。事情はともかく、先に弁明したほうが負けなのだと思って、医者は黙って立ちつくす。

「偶然ねえ……」と、女医が目くばせしながら、ごく自然なおだやかさで、「今日は軟骨料理の特別メニューなの。」

医者もつとめて平静をよそおい、

「このホテル、通り抜けに使うと、すごく近道ができるんだ。」

べつの医局員が言った。

「先生、整形の連中が、軟骨萎縮症《いしゅくしょう》の症状そのものを否定するつもりだっていう噂《うわさ》、本当ですか？」

「カルテと往診鞄《かばん》……」女医が立って、黒革の往診鞄と大型の封筒を差出し、医者のわきでおずおずと踵《かかと》をすり合わせていた娘に微笑《ほほえ》みかける。「お大事にね。」

鞄と封筒を受取った医者は、思い出したようなせわしさで、娘の肩を押しながら歩きだす。ホテルの裏口から外に出ると、環状道路を逆にたどり、再び駅に出た。

下手にうろうろするよりは、多少まわり道になっても、電車を利用して娘の家に行くのが一番だ。それに、女医の方だって、会食が終るまでは自由になれないはずである。まだ破局を迎えたというわけではない。(娘が横浜でひとり暮しをしていることは、なぜか前からよく知っていたような気がする。)

駅前広場にさしかかると、激しい銃声が聞えはじめた。射《う》ち合いが始まったらしい。二階建の家ほどもある巨大な戦車が、砲塔をまわしながら、どこか向うの方角を射ちつづけている。砲塔には米軍のマークがついていた。と、どういうわけか、この事件に関する翌日の新聞記事の内容を、はっきり思い浮べることが出来たのだ。それによると、これは自衛隊と米軍の交戦で、状況の詳細はまだ不明だが、消息筋によればすでに米兵が一人死亡したという。そう思って見ると、なるほど戦車のわきに、米兵が一人倒れている。しかしまだ息はしているようだ。医者としての任務を果すべきだろうか。だが新聞によれば、いずれ死ぬ運命らしい。いらぬおせっかいをして、文句をつけられたりしてはかえって面倒である。娘をうながして、駅の構内に急ぐ。

電車は停っていた。やむなく、線路を横切り、市の中心部に向う。線路の内側の環状道路は、すべて疾走する自衛隊の隊列に占められていたので、迷路のような路地をあてずっぽうに走り抜けるしかなかった。

鉢巻をして、抜身の日本刀をふりかざした壮士風の男たちが、路地から路地へと駈《か》けまわっていた。はっきりした理由はなかったが、医者はその男たちと反対の方角に向うように努めた。狭い路地でその連中とすれ違うのは、あまりいい気持ではなかったが、性衝動のほうがすでに上まわっていたようだ。さらに人気のなさそうな狭い路地を選んで入りこむ。薄汚い片眼の去勢猫が、道幅いっぱいに寝そべっていた。あやうく蹴殺《けころ》しかけたが、娘の猫のような気がして思いとどまった。猫を抱上げながら振向いた娘の表情は、感謝の気持ですっかりほぐれ、和らいでいる。娘が先に立って歩きだし、急な石段を登りつめると、うまい具合に娘の家だった。

玄関を開けると、薄暗い廊下に、七、八匹の小動物がうごめいていた。猫ではない。かと言って犬でもない。異常に前脚が長かったり、首が長かったりする、ひどく奇怪な動物たちだ。医者はすぐに、軟骨の異常らしいと診断し、不吉な予感にかられた。娘がしのび笑いしながら、雨戸を開ける。ベッドが見えた。思い切って一歩踏み出すと、開けた窓から何人ものにぎやかな笑声が流れ込んできた。窓の下に廻廊があり、そこをさっき別れたばかりの医局の連中が、ちょうど食後の散歩といった感じで、こちらにやって来るところなのだ。娘の家が、ホテルの一部だったのだろうか。逆にホテルが娘の部屋の一部だったのだろうか。医者は自分の無知がいまいましかった。こうと分っていたら、もっと別のやり方があったはずなのだ。

医者はとっさに窓から廻廊に飛び下りていた。医局員たちの前に立ちはだかり、けたたましい調子で駅前の射ち合いのことなどについて、まくしたて始める。愕然《がくぜん》として駈け戻っていく連中の姿を期待しながら。だが、誰もとりあってくれようともしない。そのとき、急速に轟音《ごうおん》が近づいて、医者の苦境を救ってくれた。戦車の列だった。いや、廻廊にそって鉄道が走っており、戦車は貨物列車で搬《はこ》ばれているのだった。

必死になって医者が叫んだ。

「見なさい、ほら、戦争なんだ。こんなふうにのんびりしている場合じゃない。」

列車が徐行しはじめ、砲塔の一つが開き、自衛隊員が叫び返した。

「デマを飛ばすんじゃない。われわれはアメリカ駐留軍の要請によって出動しているんだ。数人の発狂した米兵による戦車乗取事件にすぎないんだ。」

立ちすくんだ医者のわきをすり抜けて、医局員たちが娘の部屋の窓ぎわに殺到して行く。指揮をしているのは例の女医だ。娘は悲鳴をあげながら、医局員たちに向って細い腕をふりまわし、医者に救いを求めている。医者は駈け出す。列車と並んで、娘の窓とは逆の方向へ。娘と医局員たちが、ぐるでなかったからと言って、それがなんの救いになるだろう。砲塔の自衛隊員に呼びかける。

「連れて行ってくれ。」

自衛隊員が聞き返す。

「志願するのかい。」

「うん、志願だよ。志願するよ。」

湿っぽい虚《むな》しさに身をまかせながら、医者は何度も繰返し、砲塔から差しのべられた手にしがみついた。

戦車の中は、ひんやりと鉄臭かった。足もとにうずくまっていた誰かが、医者のズボンの股《また》に手をのばし、ファスナーをまさぐりはじめる。

この作品は昭和五十年十一月新潮社より刊行された。

安部公房著

他人の顔

ケロイド瘢痕を隠し、妻の愛を取り戻すために他人の顔をプラスチックの仮面に仕立てた男。——人間存在の不安を追究した異色長編。

安部公房著

壁

戦後文学賞・芥川賞受賞

突然、自分の名前を紛失した男。以来彼は他人との接触に支障を来し、人形やラクダに奇妙な友情を抱く。独特の寓意にみちた野心作。

安部公房著

飢餓同盟

不満と欲望が澱む、雪にとざされた小地方都市で、疎外されたよそ者たちが結成した〝飢餓同盟〟。彼らの野望とその崩壊を描く長編。

安部公房著

第四間氷期

万能の電子頭脳に、ある中年男の未来を予言させたことから事態は意外な方向へ進展、機械は人類の苛酷な未来を語りだす。ＳＦ長編。

安部公房著

水中都市・デンドロカカリヤ

突然現れた父親と名のる男が奇怪な魚に生れ変り、何の変哲もなかった街が水中の世界に変ってゆく……。「水中都市」など初期作品集。

安部公房著

無関係な死・時の崖

自分の部屋に見ず知らずの死体を発見した男が、死体を消そうとして逆に死体に追いつめられてゆく「無関係な死」など、10編を収録。

新潮文庫の新刊

ガルシア＝マルケス
鼓直訳
族長の秋
何百年も国家に君臨し、誰も顔を見たことのない残虐な大統領が死んだ——。権力の実相をグロテスクに描き尽くした長編第二作。

葉真中顕著
灼熱
渡辺淳一文学賞受賞
「日本は戦争に勝った！」第二次大戦後、ブラジルの日本人たちの間で流血の抗争が起きた。分断と憎悪そして殺人、圧巻の群像劇。

長浦京著
プリンシパル
悪女か、獣物か——。敗戦直後の東京で、極道組織の組長代行となった一人娘が、策謀渦巻く闇に舞う。超弩級ピカレスク・ロマン。

O・ドーナト
鹿田昌美訳
母親になって後悔してる
子どもを愛している。けれど母ではない人生を願う。存在しないものとされてきた思いを丁寧に掬い、世界各国で大反響を呼んだ一冊。

東崎惟子著
美澄真白の正なる殺人
『竜殺しのブリュンヒルド』で「このラノ」総合2位の電撃文庫期待の若手が放つ、慟哭の学園百合×猟奇ホラーサスペンス！

R・リテル
北村太郎訳
アマチュア
テロリストに婚約者を殺されたCIAの暗号作成及び解読係のチャーリー・ヘラーは、復讐を心に誓いアマチュア暗殺者へと変貌する。

新潮文庫の新刊

松家仁之著
沈むフランシス
北海道の小さな村で偶然出会い、急速に惹かれあった男女。決して若くはない二人の深まりゆく愛と鮮やかな希望の光を描く傑作。

荻堂顕著
擬傷の鳥はつかまらない
新潮ミステリー大賞受賞
少女の飛び降りをきっかけに、壮絶な騙し合いが始まる。そして明かされる驚愕の真実。若き鬼才が放つ衝撃のクライムミステリ！

彩藤アザミ著
あわこさま
―不村家奇譚―
あわこさまは、不村に仇なすものを赦さない――。「水憑き」の異形の一族・不村家の繁栄と凋落を描く、危険すぎるホラーミステリ。

小林早代子著
アイドルだった君へ
R-18文学賞読者賞受賞
元アイドルの母親をもつ子供たち、親友の推しに顔を似せていく女子大生……。アイドルとファン、その神髄を鮮烈に描いた短編集。

藤崎慎吾・相川啓太・佐藤実・之人冗悟・八島游舷・梅津高重・白川小六・村上岳・関元聡・柚木理佐著
星に届ける物語
―日経「星新一賞」受賞作品集―
夢のような技術。不思議な装置。1万字の未来がここに――。理系的発想力を問う革新的文学賞の一般部門グランプリ作品11編を収録。

宮部みゆき著
小暮写眞館（上・下）
閉店した写真館で暮らす高校生の英一は、奇妙な写真の謎を解く羽目に。映し出された人の〈想い〉を辿る、心温まる長編ミステリ。

笑《わら》う月《つき》

新潮文庫　あ - 4 - 18

昭和五十九年七月二十五日　発行
平成二十六年九月五日　三十五刷改版
令和七年二月十日　四十刷

著者　安《あ》部《べ》公《こう》房《ぼう》
発行者　佐藤隆信
発行所　株式会社 新潮社
郵便番号　一六二―八七一一
東京都新宿区矢来町七一
電話 編集部(〇三)三二六六―五四四〇
読者係(〇三)三二六六―五一一一
https://www.shinchosha.co.jp

価格はカバーに表示してあります。

乱丁・落丁本は、ご面倒ですが小社読者係宛ご送付ください。送料小社負担にてお取替えいたします。

印刷・株式会社光邦　製本・株式会社大進堂

ISBN978-4-10-112118-5 C0193